公元 787 年，唐封疆大吏马总集诸子精华，编著成《意林》一书6卷，流传至今

意林：始于公元 787 年，距今 1200 余年

意林红石榴出品

时尚 + 情感 + 励志

灰姑娘的星动时代

I

艺路星碎

凌霜降・著

新世界出版社
NEW WORLD PRESS

图书在版编目（CIP）数据

灰姑娘的星动时代. 1, 艺路星碎 / 凌霜降著. --北京 : 新世界出版社, 2014.7
ISBN 978-7-5104-5133-1

Ⅰ. ①灰… Ⅱ. ①凌… Ⅲ. ①长篇小说-中国-当代 Ⅳ. ①I247.5

中国版本图书馆CIP数据核字(2014)第148680号

灰姑娘的星动时代Ⅰ艺路星碎

作　　者：凌霜降
顾　　问：杜　务
总 策 划：魏　娜
责任编辑：张　奇
图书统筹：空心菜
绘　　图：管燕茹
封面设计：娃　娃
美术编辑：刘　静
责任印制：李一鸣　黄厚清
出版发行：新世界出版社有限责任公司
社　　址：北京西城区百万庄大街24号(100037)
发 行 部： (010)6899 5968　(010)6899 8705（传真）
总 编 室： (010)6899 5424　(010)6832 6679（传真）
http://www.nwp.cn　http://www.newworld-press.com
版 权 部： +8610 6899 6306 版权部电子信箱：frank@nwp.com.cn
印　　刷：北京中科印刷有限公司　**经　　销：**新华书店
开　　本：700*1000 1/16
字　　数：200千字　印张：13
版　　次：2014年7月第1版 2014年7月第1次印刷
书　　号：ISBN 978-7-5104-5133-1
定　　价：25.90元

001 第一章　奋斗的女孩们

李若溪的梦想是当演员。镁光灯下的众星捧月，无数人着迷于自己的微笑，甚至一言一行，不是公主，胜似公主。

019 第二章　最难堪的牺牲

纠结的李若溪紧张得绷紧了全身的肌肉，她能感觉到汗水已经湿透了她的内衣。

037 第三章　那些来不及讲的事

关于李若溪的一切，他完全无法抵挡诱惑，哪怕是关于她的一个不知真实与否的消息。

055 第四章　再见了，最爱的人

有那么一瞬间，文峰觉得自己只差那么一点点就透不过气来了。

073 第五章　奔向梦想的列车

列车在黑暗中飞速奔向那座繁华的梦想都市。她的梦想就在那座都市的某个角落里藏着，她每天都在努力地寻找和奔跑，想要抵达梦想的彼岸。

089 第六章　爱我的人和我爱的人

她羡慕、妒忌，却又无力改变。如果，只有苏若明喜欢李若溪，而文峰能与自己在一起，该多好。

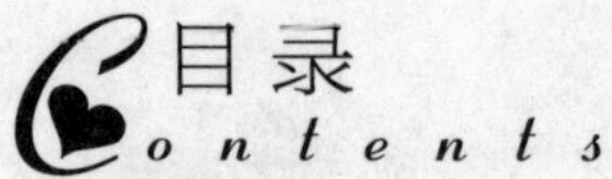

目录 Contents

105 第七章 爱与不爱都是错

她去医院陪那个叫苏若明的男人了。这句话瞬间占领了文峰的心，然后摧枯拉朽，碾过了每一个角落。

121 第八章 我们的故事

李若溪继续低头往前走，她告诉自己，一开始的痛楚、艰难熬过去就好了。

137 第九章 上位的代价

思琪真的红了。李若溪没想到，她们四个人中，最先被人们熟知的是思琪。

155 第十章 你的心我不能要

爱情在的时候，什么都好；爱情一旦不再，什么都成了错。

171 第十一章 爱有没有例外

这是爱的例外式吗？如果不能在一起，只要看到，也觉得不那么遗憾。

189 第十二章 灰姑娘与王子的距离

这就是我们的区别。公主即使落难，也能被一颗豌豆折腾得夜不能眠，但乞丐在什么地方都睡得着。

第一章

奋斗的女孩们

李若溪的梦想是当演员。镁光灯下的众星捧月，无数人着迷于自己的微笑，甚至一言一行，不是公主，胜似公主。

1

接到思琪出事的电话的时候，李若溪正在一个清宫戏剧组里挨板子。

不远处导演在不断地叫：“使劲打才打得逼真！你们这帮孙子是不是没吃饭哪，给我用力打！”正对面那个演皇后的，是一个过气的小明星，脸上妆容极厚，却仍遮不住鱼尾纹，她也在叫嚣：“给我狠狠地打死这小贱人！”那咬牙切齿的样儿，就像李若溪当真“贱”到人神共愤那般恨意满满。

李若溪凄厉地叫喊着挣扎着，她并不是在过分卖力，而是屁股上薄弱的垫子根本抵挡不住恶意的板子，疼痛尤其真切。

李若溪可以忍耐。她还很年轻，还有两个月，才满二十二岁。现在的她，不需要保养，皮肤就很白嫩；再怎么没时间睡觉，眼睛也闪亮晶莹；嘴唇永远不点而朱；吃得再多，细腰上也不会见脂肪；随便上点妆就怎么拍怎么好看。她有好容颜，又正处在一个女人最好的年纪上，在这吃青春饭的圈子里，遭人忌恨是难免的。

李若溪的梦想是当演员。这梦想说起来像是每个女孩都会做的白日梦，有点儿小可笑。镁光灯下的众星捧月，无数人着迷于自己的微笑，甚至一言一行，不是公主，胜似公主。

当演员是每个女人的公主梦。

李若溪想做演员的初衷倒也不至于只是想万千宠爱在己身，只因她从小便是个缺爱的孩子，幼时父母离异，父亲另成家后远走他乡再无联系。母亲再嫁无后，中年丧夫与她相依为命，为人胆小软弱。从小李若溪最羡慕的就是那些父母双全的幸福家庭，总想成为那个被双亲各牵一只手的孩子。这个梦，从未实现过。于是她就只能幻想，幻想自己就是那些温柔的母亲，那些快乐的孩子，有一个温和的父亲。后来知道，有一种职业叫作演员，演员就是过别人的人生。李若溪就决定做演员。

这便是开启梦想的起因。但慢慢地，李若溪开始喜欢这个职业，比如现在，她挣扎着呻吟着的，是她内心真实的痛，不需要掩饰，不需要告诉别人

“我没事”。

幸好，电话响的时候，导演满意了刚才的镜头，但还是朝李若溪大吼：“你有没有专业精神？拍戏的时候要关机都不知道吗？给我滚！”

李若溪忍着疼痛迅速从地上爬起来，跑过去把电话翻了出来：“喂，思琪。”

“若溪，哇呜呜……”思琪叫了一声若溪的名字，便呜咽着痛哭出声，李若溪知道今晚思琪是陪几个据说跟某剧组有关系的人去唱歌了，隐约觉得不好，只是没想到事情那么大。

“李若溪，来领钱。”那边剧组的人在叫了。

“思琪，我马上过去。”李若溪匆忙挂了电话，过去领这顿板子的薪金——五百元。大腿和臀部都隐隐作痛，八成又给打瘀青了。

正打车的时候，接到CC姐电话：“若溪，你在哪儿？快来金明KTV，思琪被几个人做了。”

“什么？我马上就过去！”李若溪跳上出租车，问了一句，CC姐也没回答，李若溪只听到那边乱哄哄一片，只觉得心里委屈，又悲愤难忍。

2

金明KTV一间VIP包房里，门没关严，几个好事的男女站在门口想向里窥视。

屋里，思琪瘫坐在地上，幸好屋里只有几名不知如何是好的服务生，客人的事，他们不敢多管，也管不起。看到李若溪和乔姿她们来了，似松了一口气般赶紧走出去。那几个好事的男女站在门外意图往里看发生了什么事，女人们在窃窃私语，男人们则在偷偷瞄向思琪已经快包不住大腿根的短裙，想借幽暗的光线看看里面已经被扒光的春色。

李若溪把外套一脱，快速围在思琪腰上，遮住门外几位围观人士的猜测，乔姿一看到这情形就急了，冲到门边“砰”的一声把门关上：“你们看什么看啊，有什么好看的！都是谁呀？报警抓他们，浑蛋！”

“好几个男人呢，都走了。”CC姐叹息一声，郁闷地说。

萌萌帮李若溪扶起思琪，轻声问了句：“你没事吧？”

“怎么会没事？我就知道那帮浑蛋不安好心！”CC姐瞧见有人试图打开包房的门继续往里看，走过去把门反锁上：“滚滚滚！有什么好看的？没见过女人喝醉吗？”

“别待在这里了，把思琪扶起来，咱们快走吧。”还是CC姐有经验，此情此景，为避免更多不好的猜测，最好赶快离开这里。

“我们就这样走了？”李若溪和萌萌一边一个扶起思琪，半抱半拖地离开包厢，但李若溪有些犹豫是不是应该报警。

“不然能怎样？那帮浑蛋都走了。我们到哪儿找人去？”CC姐说完又低声说，“快走吧，这是非之地，再待下去，只会闹得更大。”

李若溪想问思琪要不要报警，但思琪醉得酒气冲天，连站的力气都没有了。只得听CC姐的，扶着思琪上了出租车。

“我就说那几个人不是好东西。”到了大家平常喝啤酒的大排档，乔姿还在愤愤不平。思琪瘫在椅子上，死一般地满脸寂然，跟她说什么都没有反应。

李若溪看着思琪很担心：“要不，我们还是报警吧？”思琪看起来真的很不好，脸色像死人一样。四五个男人，李若溪连想都不敢想。

“报什么警啊。这种事情就是永远擦不干净的屁股。别说了，干我们这行的，报了警只会损失更多。让她睡一觉就好。”CC姐没同意。几个人之中，CC姐出来最久，有五六年了，几乎在每个剧组都有认识的人，自己却连个三流演员也没混上，但人是讲义气的，这两年没少带她们四个人，只是，谁也没遇着好机会。

萌萌给大家都倒了啤酒：“是呀，先让思琪休息一会儿吧。她喝得这么醉，那些浑蛋又跑了，警察会相信她吗？闹大了对思琪不好。大家吃一点儿东西吧，这点肯定都饿了。”

李若溪把思琪歪在椅子上的脑袋扶了扶，让她靠在自己怀里，心里头为思琪酸楚难平，却也知道，CC姐和萌萌说的都是事实，报警对思琪没有什么好处。万一闹大了，思琪在这圈子里就完了。

大家喝着啤酒，都很郁闷。

“我今天也倒霉透了，我花钱请来的那个二货摄影师非把我往三级脱星里拍，都快全露出来了，他还觉得没走光，浑蛋！气死我了。”乔姿最近也脏话不断了。李若溪有时候不是太明白她，明明有富裕稳定的家境，从小也是公主一般养出来的乔姿，为何偏偏要来做演员？只能说，“富二代”的心思没法儿猜。

“姿姿，你就别嫌弃了。我要是你，就老实回家做千金小姐去，干吗出来花钱买罪受呀。”萌萌今天本来搭上了一名小制片的，但因为思琪这事她半途离开，他没占成萌萌的便宜，索性刚才连萌萌的电话都不接了。萌萌相信在这圈子里实力很重要，可是有人照应更重要。

“我愿意。我就想做大明星，怎么了？”乔姿随时都带着她大小姐的娇气与骄傲。萌萌听着有些刺耳，但没太在意：“行行，来。喝，祝你早日成为大明星。”

李若溪也举起了杯：“来，祝大家都早日上位出头！”这是李若溪的真心话，她一直相信努力就会有好结果。CC姐觉得她单纯，萌萌觉得她不开窍，乔姿直接觉得她笨，因为在千金小姐的眼里，只有金钱才能带来好结果。

“大家吃完早点儿回去睡吧，明天有试镜。听说是张导演为新片选角哦。”CC姐提醒说。

“不会又是内定的吧？”萌萌问。这种事情大家都遇到得太多了，都快习惯了。

“张导演哪次不是用新人，而且他每次用的新人都会红。”CC姐也不是太确定，但还是安慰大家。

“真希望张导演会看中我。其实吧，论脸蛋身材气质，我们几个我最好，是吧？”乔姿从来很自信。

“是是是，就你最漂亮。”CC姐顺着她打趣。

李若溪没说话，她看着依然一脸木然的思琪，觉得依稀能看到黎明，又觉得黎明很远。

李若溪知道黎明一定会到来，她还不能确定的是，命运是否会把属于她的东西，一件一件地让她遇见，一件一件地让她全部拥有。

3

在这繁华京城里，起得再早，也禁不住堵车。天黑就起来化妆出门的五个女孩，就这么被堵迟到了。刚到地方就被一个男人火速地拉过去：“快快快，马上开始了！”紧接着不明就里的五个人每人被塞了一套衣服：“快快快，慢了可就跟不上了。导演要是发了火，你们可吃不了兜着走！”

“什么情况？我们不是来试镜的吗？怎么看起来像是做群众演员？”乔姿率先提出了疑问，她心直口快，受不得委屈，不像李若溪和萌萌她们经常到处跑群众演员寻机会。

“先做群众演员！这会儿缺人！快快！”那男人也不解释，只催她们。

“秦受，你丫要是敢骗我，你就死定了。”CC姐拧了一把那男人的耳朵，转过头来说，“快换吧，反正都是演。”

“就在这里换？”李若溪一看，除了那个秦受，还有一个好似是化妆师的人在屋里。

“好，我马上出去。美女，我叫秦受，记住哦。”

萌萌忍不住笑出声，说：“你这个名字也真是奇葩，活像怕人不知道你是禽兽似的。”那秦受“嘿嘿”一笑说：“咱起名字就是为了让人记住嘛，其他的都是浮云，都是浮云哪。”

秦受走了，那化妆师没动，捏着兰花指说：“讨厌，人家是男的没看到吗？”声音娘得让人听着都想吐，大家心知肚明有的男人其实别名“娘炮”，

也没人理会化妆师，各自快速换起衣服来。

“你们刚才看海报没有？这个剧组好像是文少那部《烈火》的剧组哦！”乔姿平时就爱看个帅哥明星什么的，她嘴里所说的这位文少，据说导演、演员、制作人全担纲过，并且做得都不算太差，传言他还是文爷的儿子。文爷是谁呀，那可是演艺界的大鳄，天文化的掌权人，据说不仅演艺界，连投资银行、房地产行业都有所涉猎，商业帝国都跨到海外去了。

“乔姿，你家都那么有钱了，怎么还是净盯着这些高富帅呀？留一个给我们呗。”CC姐打趣说。

“我爸不过是运气好。钱谁嫌多呀？李若溪，你嫌钱多吗？”乔姿看李若溪正把昨天挣的五百块钱小心放好。

“我不嫌，真多了，我用一百块叠张床来天天睡在上面。哈哈。”李若溪也没避讳，四个女孩里，她非但没有父母支援，反而不时地寄给妈妈一些生活费，数她最寒酸。

“等你红了就有钱了。加油。”CC姐拍拍李若溪的肩膀说。

“好。等我有钱送你游艇啊。”李若溪也跟着笑。思琪还在昨天的事里走不出来，萌萌默默换着衣服，她一向话少主意多：“CC姐，今天我们无论如何都要争取到试镜的机会。”

“好。等下我去找秦受说这事。”CC姐才说着，那秦受就窜了进来：“换好没，换好没？快快快！导演都催三遍了！”没等几个人回答，就连拉带拽把她们弄进了片场里。

4

拍摄现场，几个人站在烟雾里挥袖子做跳舞状。原来是让她们做布景，难怪穿的衣服像古装，袖子老长。

“连剧情都不给说说，这是要我们做什么呀？”乔姿不满。

“你们是布景，没剧情，没台词，就站这儿甩袖子跳舞就成。甩袖子总会吧？”秦受丢下这么一句就跑了，四个人没法，只得站在烟雾里转圈甩袖子。

“得，又做群众演员来了。唉，什么时候能混上句台词呀？”乔姿继续抱怨。

“我上周有个一句台词的角色，你们猜台词是什么？”萌萌忽然说。

“是什么？”

“呀。”

“什么？”

“就是临死的时候惨叫了一声‘呀’。”萌萌一本正经地说。

“我昨天的台词比你多。”李若溪也说，“‘娘娘开恩哪。’萌萌，我比你还多了四个字呢。哈哈。”

“真不想做群众演员，什么时候是个头啊。烦。”

“别说话了，开始了。”李若溪提醒大家。

“你那么卖力干吗？我们就是个布景板。”乔姿漫不经心地转着，看到门口走进来的人后忽然站直了腰板，“嗨，看到没，文少来了！”

李若溪淡淡地看了一眼背着光走到导演旁边坐下的高大男子，觉得他似乎比屏幕上的样子更成熟一些，但整个人的气质比屏幕上更显光华，像一颗夜空中发光的星。也许，不得不承认，有一些人，天生就是明星，不需要包装，不需要烘托，他自己本身就会发光。

平淡无为的自卑感让李若溪不禁更卖力起来，正走神的乔姿不小心踩了李若溪一脚，也没道歉，眼睛只顾着看导演旁边那个光华自现的男人了：“据说每个和他搭档的女人都会很快成为媒体的宠儿哦。”

“别走神了，好好表现吧。”李若溪提醒她。

“我一定要找机会和他认识，我要和他演对手戏。”乔姿下定决心。

“祝你成功。”和那样的男人演对手戏，李若溪真心觉得自己有压力。

两个人说着话的时候，萌萌正打量着整个布景场里所有的男人，暗暗分析着这些男人能够帮助自己上位的可能性。她不是乔姿，是天之骄女，她也不像李若溪那样傻乎乎地相信只要努力就真的能上位，她只知道，想要上位就要付出。

与此同时，坐在导演旁边的文峰正漫不经心地打量周围环境，演员后面那几个充当布景、扮演仙女的群众演员引起了他的注意，站在左边第二个的女孩子，眼睛特别亮，但是那眼神从未在他身上停留。文峰有一点点不习惯，于是他多看了她一眼，然后他发现她甩仙袖甩得特别认真，也甩得特别好看，就是眉宇间的倔强，让他的心小小地抽动了一下。文峰不知道这是什么感觉，但感觉不错。

感觉不错到他禁不住想捉弄她一下，他随便拉了站在自己旁边最近的一个人，“过去跟那几名群众演员说说，甩的是什么袖子呀，难看。告诉她们要像跳唐代古典舞《踏歌》那样才合格。”

“爷，她们只是临时找的群众演员，可能不会跳。”他拉的人正是秦受，秦受小心翼翼地解释。

“不会跳做什么演员？”文峰“哼”了一声，“还不快去？”

秦受没法儿，只得屁颠屁颠地跑了过去。

5

“什么？就你这破剧组，把我们拉来做免费布景，还要求正儿八经地跳古典舞？还非得跳得跟《踏歌》似的？你吃错药了？”乔姿首先爆发了不满。

“这可是文少要求的，你们爱跳不跳，我可告诉你们，要是跳得不好，别说待会儿的试镜了，连今天的出场费也拿不到，到时可别怪我没提醒你们！”秦受在剧组里虽也是受气的主儿，但也没把这几个没出名的丫头放在眼里。

“行，我们跳。”李若溪说，“姿姿，别生气了，既然文少要求的，说明他看见我们了，我们要把握这次机会，大一的时候我们不是跳过吗？应该不难。”

“可我不会呀。”CC姐说。CC姐没和她们一起读大学，这些舞蹈自然会得少些。

“CC姐，你站在最后，跟着我们跳就行。”

李若溪忙着安排大家站位的时候，萌萌开始专注地盯着文峰，李若溪说得对，他肯定是注意到她们了，但肯定不是注意到了她们所有的人，那他注意到的是谁？是自己，还是乔姿？或者是李若溪？萌萌别的不敢说，但从小察言观色的本事就很厉害，她很快觉察到文峰的眼神锁住的人是李若溪。萌萌有点儿小失落，李若溪身上到底有什么气质？说漂亮性感比不上思琪，华贵不及乔姿，温柔不如自己，可不管到哪里，最先被人注意的人永远是她。

乔姿的心思就简单多了，她只顾着把眼神化作钩子，把文峰的身心都勾引过来。

文峰没想到她还真的跳了起来，而且跳得还真像那么回事。文峰看着认真扭腰甩袖子的李若溪，觉得这小丫头有意思。至于为什么有意思一时没去探究，只是对秦受说：“一会儿让她们都来试镜吧。”

“好嘞。”秦受盯着身姿纤细妖娆的萌萌，心里起了另外的主意。

“宝贝，你知道我是花了多少力气才让你们得到这试镜机会的吗？”秦受说这句话的时候，手已经摸向了CC姐的大腿，CC姐也没拒绝：“死相，一会儿再找你呀。”

萌萌觉察到秦受盯着自己的目光太赤裸，她直觉秦受不是太靠谱。乔姿全副身心仍在文峰身上，只想找一个接近他的机会。李若溪对身边的事情似乎并不关心，并非她刻意忽略，她不允许自己用身体作为上位的筹码，但她无法也没有理由阻止别人那样做，这让她感觉有点儿挫败。

做出淤泥而不染的莲花说着好听，做着真是挠心挠肺的各种不舒服。

6

“李若溪，我看文少刚才一直看我们，你说，他是在看我不？”乔姿一边

补妆一边问。李若溪笑了，“不是看你难道还看我呀？”李若溪姿色中上，不如思琪与乔姿出色，这一点她是明白的。但这圈子里漂亮的人多了去了，漂亮是资本，但不是唯一的，要想上位，光靠漂亮肯定不行。李若溪觉得还是要更努力，更耐心地等待机会。当然现实李若溪也是知道的，青春这么短，现在能熬，两年以后呢？五年以后呢？前途不能想，一想就觉得灰暗。

“叹什么气，我就觉得那文少眼神像是在看你。”萌萌轻轻地拍了下李若溪，悄声说道。萌萌出身小县城普通家庭，平时不太看得上乔姿的大小姐做派。

“我看是谁都没看。人家什么人，会看我们这几个灰头土脸的群众演员？”思琪总算说话了，现实早把她教训得不再去做那些不切实际的梦。

“准备好没？试镜马上开始啦。”秦受又窜进了化妆间，经过萌萌时还顺手摸了她的大腿一把，萌萌闪了一下身，没躲开，却也没吱声。

到了试镜场地，黑压压的全是人，李若溪看向考官台，居然有郑导演，那可是圈内的电视剧大神，拍的剧部部大火。倒是没有看到刚才那位文少。

“嗨！不会吧？试镜是和文少演对手戏呀！”乔姿低声惊呼，李若溪看过去，前面已经开始了，是男女“分别”的剧情，那女孩面对自己的偶像话都说不出来了，更别说演戏了。这样直接就刷了十来个，李若溪看明白了，这是那男人的主意，光顾看偶像不顾演戏的，自然不必试镜了，这招儿真狠。

但幸好，CC姐、萌萌、思琪、李若溪，包括一直在犯花痴的乔姿都没有忘记试镜这件正经儿事，CC姐风流，萌萌娇弱，思琪冷艳，乔姿高傲，李若溪饱含感情的演技都获得了赞赏的掌声。

和她们演对手戏的文峰惊觉，其他人都很好应付，可有可无，他可以做到应对自如。可当李若溪的眼泪掉下来的时候，他就莫名其妙地呆了。他的手就像有了自己的意识那般伸过去，宛如深情的恋人那般抹去她的眼泪，甚至有一种冲动，要用吻才能安慰那双悲伤的眼睛，文峰不自觉地被李若溪带入了她的戏中，不自觉地给了她拥抱。在全场热烈的掌声中回过神来后，在清醒的瞬间他觉得自己某种骄傲的尊严受到了侵犯，于是他快速找到了一个自认为很有力的反击——他咧开嘴露出迷人的微笑，轻轻地在李若溪的耳朵边说了一句话：“原来是飞机场啊。”

直到文峰松手离开，下一个试镜开始，李若溪才从呆滞中回过神来：这个家伙的意思是说，她被吃豆腐了？被性骚扰了？然后还被强烈地鄙视了？李若溪抬头狠狠地剜了一眼镁光灯下那个正露出招牌微笑的男人，觉得那家伙真是从头到脚坏水儿直冒，腹黑的气质挡都挡不住。

李若溪懊恼极了，自己怎么就这么笨，反应怎么就这么慢呢？应该当时就立即给他一个大嘴巴的！

7

试镜结果当场宣布，出乎意料的是，李若溪她们掌声虽多，却统统落选，拔得头筹的是一个表现普通的女孩子。

“不公平！就凭她？论气质，论样貌，论演技，我敢说我们随便哪一个都能甩她八条街！”乔姿气得直跺脚。

“刚才问了人，说她是投资人的干女儿。”CC姐说出这个事实的时候，大家都沉默了。“我们不是第一次遇到这种事了，别气了。收拾一下走吧。”李若溪不知为何反而有一丝庆幸，她的直觉告诉她，她可惹不起那位文少，那位外表看起来无害，其实内在是个大魔头，此处不留姐，自有留姐处。她惹不起，还躲不起吗？

“不行，我得想想办法。我要留下来，我要和文峰演对手戏！”乔姿说着就跑出了化妆室。李若溪四下看了看，萌萌也不知道什么时候已经出去了，CC姐也不见人了。李若溪一边换衣服，一边问正无精打采地收拾物品的思琪：“思琪，我的胸是飞机场吗？”李若溪边问还边挺了挺，在思琪的G杯面前，她是真的对自己的胸没什么自信。思琪露出了这几天来的第一个笑容：“和我比，你是小了点儿，但是不用去动刀。整天顶着个大胸出门，也累。”

“我没说要去动刀啊。”李若溪沮丧了，她一直知道自己的B杯是不太傲人，可也一直没太放在心上，觉得身材匀称挺好的，都怪那个心坏嘴贱的家伙，有机会一定要狠狠揍他一顿！

“若溪，我看到个认识的人，我过去一下呀，你要有事就先走吧。”思琪说着也走了。李若溪看着镜子里的自己，又挺了挺胸，小声自语：“我没觉得我有多平啊。”

“别看了，再看也不会变大的。”一个声音忽然从门口传过来，吓了李若溪一跳，回过头去，就看到文峰那俊脸上蔫坏蔫坏的笑容。李若溪像小兔子受惊那般弹跳而起，拿起自己的包跑出门去，经过他的时候，板鞋用力地踩在他锃亮的皮鞋上，在他的痛呼声中飞速离开现场。

“你真是……痛。”文峰疼得差点儿蹲下来抱住脚，可到底忍住了，这女孩真是狠，她竟然敢这么用力踩他！

文峰懊恼了一小会儿，但看到手里抓住的小玩偶，又笑了。刚才被她狠踩住脚，他下意识在她逃跑时想抓住她，却只抓到了这只她原本挂在包上的小玩偶。真是幼稚又土气，居然在包上挂玩偶。

文峰玩味地看着只有一只大眼睛、穿背带裤的黄皮肤玩偶，掏出了手机拨了个号码：“喂，林导演，咱剧组不是还缺几名女配角吗？”

就这样，李若溪刚跑到路边，正等公交车呢，CC姐打来了电话：“若溪，你在哪儿？快过来！我们被留下了！有我们的角色了！”

8

李若溪一路跑回剧组的时候，还有点儿小蒙，上楼梯时有个人突然横了出来她也没能闪开，结果就撞了个满怀。那人还痞气十足地说：“小姑娘这是要投怀送抱吗？如果是，小生就笑纳了呀。”李若溪一听声音就知道是文峰，双手用劲一把推开对方：“滚。我忙着呢。”

“若溪，在干吗呀？”说着话走过来的是乔姿，李若溪眼看着刚才还小流氓一样的文峰马上变身翩翩绅士："我还有事先走了。"

"你们刚才在做什么？"乔姿显然对两个人之前的交流很有兴趣，她满场找文峰，没想到找着了却看到他和李若溪在一起。

"没做什么，我迷路了，正问他呢。你来了就好，我们去找导演吧。"李若溪不想多说，文峰她惹不起，乔姿她不想惹，什么也不说最好。

因为这部剧马上开拍，几个人留下后，便跟着剧组到了拍摄地点。安排住宿的时候，李若溪和萌萌住一间房，思琪和CC姐一间。乔姿如同以往一样，不与别人同一间房，自己出钱住套房去了。晚上李若溪洗澡出来的时候，发现萌萌已经不在房间里了。李若溪看剧本看到后半夜，萌萌才穿着睡衣回来了，胸口上有密麻的齿痕，红肿一片，萌萌扯了扯睡衣，有些尴尬没说话。李若溪想了想，还是开了口："萌萌，其实你不必这样的。"

"不必怎么样？就这样一两句台词的小角色要演到什么时候？我跟你不同，我等不起，我不能被老家的人耻笑。"萌萌察觉自己说得太多了，"你管好自己就成。"

萌萌的老家在一个小县城，具体家境不是太清楚，只从萌萌的只言片语里得知，小地方的人，面子就是命根子，老家所有的人都知道萌萌去做演员了。所以萌萌要一条道走到头，哪怕粉身碎骨也要风光大红就成了萌萌必须要达到的目标。

李若溪看着萌萌钻进被子里不再说话，暗暗叹息一声。读书的时候，老师就说过，她们这一班的女生，演戏最有天分的就是她和萌萌，好好磨炼，一旦遇着机会，是能戴影后桂冠的料。可是，大四就出来扑腾了，一年多了，连个脸熟的群众演员也没混上，总是四处跑着龙套，不知道要跑到什么时候。不知道从什么时候开始，萌萌和思琪都开始走用身体去争取角色这条路。

萌萌的急切，李若溪不是不明白，只是不太能适应萌萌的做法。但偏偏身边又都是这样做的人。

会不会有一天，自己也被逼这么做呢？

李若溪不知道，这一天来得这么快。

9

那天半夜就下雪了，寒风刺骨，奇冷无比。她们天未亮就起来拍戏，穿着单薄的民国褂子，冻得手脚都没有知觉了。在戏里又是被强暴又是被捆被打的，只觉得时间实在难熬，好不容易咬着牙演到导演说通过，几个人赶紧冲过去穿棉袄，可五个人，剧组却只给了四件棉衣，李若溪手慢了一点儿，就继续冻着了，正去找自己的大衣呢，一件棉衣就把她从头罩住了："冻得跟小病猫似的，让人看着难受。快穿上吧。"一听那声音，李若溪就知道，一肚子坏水的文大少爷又出现了。她把棉衣扯下来裹紧："是你多拿了棉衣吧？所以我们群众演员的棉衣才不够。"说完还给了他一记白眼。

"这世界弱肉强食，你不知道？"文峰本想解释一下这是自己私人的棉衣，虽然外表和剧组的棉衣一样，可里面塞的是更轻巧暖和的羽绒，更暖更好。可话到嘴边没说出来，反而开始教训她："你知不知道我是谁？知道我一句话就能让你们滚蛋吗？你这样对我又是打又是骂的，一点儿都不知道尊重前辈，难怪混到现在连棉衣都混不上一件。"

"就你这样的也好意思自称前辈，不怕玷污了'前辈'这词儿。"李若溪低声反驳。

"说什么也不大声点儿？"文峰没听清楚，但又觉得她敢怒不敢言的样子好玩儿，"前辈说话不准反驳！对了，还得跟我说谢谢！要有礼貌知道吗？"

"谢谢文老师！"李若溪大声地说，又觉得不服，"我又没叫你给我送衣服。"

"小丫头还不服气了？"文峰笑说着，伸过手来扯了一把李若溪为适应剧情编得又乱又土得掉渣儿的辫子，像小男孩逗弄小女孩那般，"编的什么破辫子，难看死了，本来就没什么气质，你想走谐星路线哪。"

"关你什么事？"李若溪听着听着，觉得这人实在可恶，一再忍让他还得寸进尺，真是弥勒佛都有火，“你心理有问题吧？我又没怎么你，你干吗来挖苦我？”

“我高兴。哈哈。”文峰看着李若溪闪亮的眼睛火苗直冒的样子，开心了。

“李若溪！”乔姿几乎是尖叫着跑过来的，李若溪有点儿不太明白她语气里明显的敌意。正纳闷呢，只见面对乔姿，刚才的坏蛋又变成了绅士，“你好。我正问起你们呢，明天是我的生日，我准备在家开派对，想请你们一起去，不知道你们是否赏脸？”

“当然！”原本还想生气地质问李若溪的乔姿一看到文峰的笑容，便熄火了，“我们一定到！”

“那我到时候让我的司机来接你们。我先走啦。明天见。”这样的文峰真是风度十足面面俱到，李若溪恍然有些错觉，刚才那个嘴贱心坏的家伙跟现在这个感觉根本不是一个人。

10

“我不想去。”第二天工作完成后，文峰的司机就在她们楼下等着了，大家都在换衣服化妆准备盛装前往的时候，李若溪懒懒地坐在床上说。

“不是也邀请了你吗？不去不好吧？”思琪说。

“是不是没衣服啊？”CC姐知道李若溪平时不怎么给自己置办行头。

“我借给你好了。”乔姿无所谓地说。反正她的衣服多，再说了，李若溪再怎么打扮，脸蛋不如自己，身材不如自己，气质也寒酸。

“不用了。我有衣服。谢谢啦，姿姿。”李若溪想，算了，去就去吧，反正派对上的人一定很多，她就当是去蹭吃一顿好的。

到了派对现场才发现，这文少爷果然是位土豪，客厅大得跟酒店大堂似的，处处都是金光闪闪的华贵格调。李若溪觉得自己这样的小土包子有点儿不适应，但转念一想就当体验一把上流社会的晚宴了，有何不可？演戏演戏，到

处演的不都是别人的人生吗？

道贺的人真不少，几层蛋糕香槟山什么的少不了，李若溪深深地鄙视了一下文大少对于派对的俗气品位。趁他忙着招呼客人没心思来找她使坏，李若溪寻了个机会，快速挑了几样食物到角落填饱肚子，乔姿她们为了参加派对，晚上的盒饭都没让她吃就把她拉回去换衣服化妆了，她今天被戏里的日本鬼子追着跑了半天，饿得前胸贴后背的，撑到现在真是不容易。

李若溪快速解决完食物，感觉没那么饿了，也开始跟着别人装淑女。这种场合，还是不要太与众不同的好，闹出什么事，影响形象。再说了，这是那个家伙的派对，她可不想给他留什么把柄。

百无聊赖之中，李若溪视线投注到大厅角落里那架钢琴上，那里摆着一个熟悉的小玩偶！她的小黄人！李若溪好奇地走近了仔细看，没错，这就是她丢失的那个小黄人。动画电影《卑鄙的我》里面一只眼睛的贱格背带裤小黄人，可原本明明就挂在自己的包上啊，为什么会在这里？李若溪伸手把那小玩偶拿过来仔细地看它的牛仔裤，有次她不小心弄了一点儿蓝漆在上面，不仔细看是看不出来的。果然，李若溪在同样的地方找到了同样的不是太显眼的蓝色漆点！可恶，他什么时候把她的小黄人拿走了？她怎么不知道？她想不起来是什么时候丢的，这几天太忙乱了。

“你干吗拿我的东西呀？幼儿园老师没教你吗，去别人的家里不要乱拿别人的东西。”文峰的声音突然从她身后响起，李若溪吓得小心脏都漏跳了几拍，但小黄人还是紧紧攥在手里没放开：“也不知道谁乱拿别人的东西。”

“你的意思是我拿你的东西了？你手里拿的是什么？那是我原本放在钢琴上的玩偶吧？要不要调监控出来做证？”文峰一副捉贼拿赃的志得意满相。

“你真是变态，在自己的家里装满了摄像头吗？”李若溪深深地觉得这人太可怕了。

“对呀，就是为了提防你这种拿了别人的东西还不承认的小贼。”文峰摆出理所当然的样子，心里却乐开了花，他把小黄人放在这儿就是为了引诱她。

“你才是小贼！”不知道为什么，李若溪觉得自己每次见到这个对外宣称是完美偶像的家伙都没好事发生，次次都被他气得七窍生烟，惹不起，她还躲不起吗？李若溪决定不再纠缠，手里还攥着小黄人，转身就走。

“哎，拿了我东西就想跑，哪有这么容易？”文峰这次手快，一把拉住她拽了回来。

“李若溪！你们在干吗？”一直盯着文峰不放的乔姿又出现了。

第二章 最难堪的牺牲

纠结的李若溪紧张得绷紧了全身的肌肉，她能感觉到汗水已经湿透了她的内衣。

1

“哦，李若溪小姐说她想弹钢琴。”某人还真是会编瞎话，编得跟真的似的，难怪这么年轻就拿到了“视帝”之类的奖项。李若溪心里叹息，他若逼得她非去弹那什么破钢琴，她就让他见识下她的厉害。

“李若溪，你会弹钢琴吗？”乔姿没见过李若溪弹钢琴，像她这样出身低微的女孩，大概是学不起钢琴的。不像自己，十二岁的时候就已经过九级了。会弹钢琴可以提升气质，她妈从小就训练她，到了现在虽然不太弹了，可随时还是能信手拈来几首曲子镇住场面。“文峰，我来弹一首《祝你生日快乐》好吗？”

乔姿直接叫文峰名字的时候，没注意到文峰不满地挑了一下眉毛。李若溪看到了，她敏锐地察觉到了文峰的不悦，于是赶紧推波助澜：“是呀，姿姿的钢琴弹得可好了，姿姿演奏一首吧，正好祝文峰老师生日快乐！”李若溪说着就把乔姿拉到了钢琴凳上，然后自己飞快地拿起话筒，绝不给任何人反对的机会：“下面乔姿小姐为文峰先生演奏钢琴曲，祝文峰先生生日快乐！”

文峰阻止不及，干脆好整以暇看她折腾，听着中规中矩貌似优美的钢琴曲，文峰走近李若溪用几不可闻却坚定无比的声音说：“一会儿如果你不给我弹一首，我就叫人抓小偷。”

李若溪面上带笑，也用同样的声音回他：“你不会的。这是你的生日聚会，你不会搞砸它的。”

文峰继续皮笑肉不笑：“我会的。这里没有一个记者，我爱怎么玩就怎么玩。你不信大可试试。”

李若溪看了一眼这家伙的眼睛，她相信了，他真的敢。这是要逼良为娼的前奏吗？她到底哪里惹到这尊大神了？

正郁闷间，乔姿已经在掌声中演奏完了。文峰给李若溪一个“你敢不弹就试试看”的眼神，李若溪心一横，快步走过去坐在琴凳上拿起话筒：“大家好，我是李若溪。乔姿小姐的演奏太完美了。但刚才文峰先生偷偷跟我说，他

的生日愿望其实是想听钢琴版的《两只老虎》，可是他一直不好意思说。现在由我来帮他完成生日愿望，请大家给文峰先生一点儿鼓励的掌声，祝他生日快乐。”

文峰在大家了然于心又滑稽的目光里欣赏完李若溪还算弹得完整流畅的《两只老虎》，心里忍着笑都快憋出内伤来了，这坏丫头，又将了他一军。好，这账他记下了。

李若溪一直没敢看文峰的表情，不过她想一定很好玩。为了不让事态发展得更严重，她弹完《两只老虎》，趁着唱生日歌切蛋糕乱哄哄之际，紧紧抓住她的小黄人，溜之大吉了。

直觉告诉她，不能陪着文峰这样的腹黑大神玩，她这样的小白兔，玩不过人家的，还是早早撤退好了。

2

李若溪没想到的是，她退得越多，惹到文峰大少爷的地方就越多；惹到文峰大少爷的地方越多，得罪到乔姿大小姐的地方就越大。

第二天，《烈火》剧组拍摄现场。

下午一点多才吃到午餐，天气冷，饭都硬了，菜也快冻成了冰块。“这是什么饭呀，能吃吗？”乔姿大小姐拿到盒饭，挑了一筷子，又开始抱怨了，“这么冷的天，还吃这东西，真是不把我们当人看哪。”

“别抱怨了，快吃吧。等会儿还有戏，不吃要没力气了。”李若溪吃着冰冻得没了滋味的硬饭，轻声劝乔姿。

“这猪都不吃的东西能吃吗？我不吃。要吃你吃。”乔姿把盒饭塞到李若溪手里，正跺着脚呢，发现文峰走过来了：“文峰，我们在这儿！”

“天气太冷了，你们到我车里去吃饭吧。”文峰风度翩翩，温柔体贴，一副迷人的大众情人样。

“好啊。这里冻死了！”乔姿说着，拉着萌萌和思琪她们都站了起来，李若溪坐着没动："你们去吧。我在这里吃就好了。"

文峰看着埋头扒冷饭，看都没看自己一眼的李若溪，气得嘴角都不由自主地抽了抽，好在功力过人，挤出了一个微笑说："她不去就冻着吧，我们走吧。"

看着乔姿兴高采烈地跟着文峰走了，李若溪不由自主地松了一口气。有压力，真的有压力。到现在她已经有点儿弄不懂了，文峰大少爷这么做是什么意思？在片场里对她们处处照顾，就不怕记者拍？就算不怕记者拍，这样照顾她们几个女孩是为了什么？李若溪不敢细想。那种被文峰大少爷看上的美梦她可没做过，也不能做。按理说，她应该不害怕被记者拍到，因为如果有了和文峰的绯闻，说不定她就能借此上位一炮而红了。但是，李若溪下意识地排斥这种结果，没去细想原因，只是极度不想那样的事情发生。她不想上位吗？想。只是，不能以这样的方式。

但文峰似乎毫无李若溪这样的顾忌，想怎么做就怎么做，几天下来，乔姿总算看出门道了："李若溪，文峰是不是看上你了？"

面对乔姿的无理质问，李若溪真是觉得好气又好笑："你觉得有可能吗？文峰老师会看上我？只不过是我在他生日那天得罪他了，捉弄我而已。"

"真的吗？你能确定他在片场这么照顾我们不是为了你一个人？"连思琪都有点儿不相信了，因为李若溪若不在场，哪怕她们冻死饿死，文峰也绝不会出现。

"不然还能为什么？看我这胸平屁股扁的。"李若溪自嘲道，以前几人同一寝室，李若溪的B杯没少遭受嘲弄。

"爱情这个东西呢，是不讲身材也不讲道理的。"CC姐也凑了过来。

"你们！你们明知道……哼！"乔姿到底没好意思说出来自己对文峰志在必得，"哼"了一声，生气地走开了。

李若溪想，这下真的是怎么也解释不清楚了。

3

解释不了，就只能继续躲。

比如说知道文大少哪天有戏，不能跑就躲，除非有同场的必要戏份，否则绝不出现在文峰大少爷面前，宁愿到道具组做苦力也绝不出现。吃饭时间领了盒饭就躲到角落快速解决。

挨饿受冻心惊胆战的结果是，铁打一样的李若溪感冒了。从小就因为妈妈较为脆弱极其能扛的李若溪，十几岁开始她每次感冒便从不吭声也不吃药，扛着扛着，大概是抵抗力增强了，从高三开始到大学毕业这四五年，她几乎就没有感冒过。没想到这节骨眼上，居然又感冒了！

有人来敲门的时候，李若溪刚吞了两片感冒药，蒙着头睡得迷迷糊糊，以为是萌萌忘记带钥匙了。萌萌最近和那位副导演刘胖子打得火热，几乎每晚都凌晨才回，自从上次萌萌叫她别管她的事之后，李若溪就收回了劝萌萌的心，大家都是成年人了，都有自己的选择。

开门的时候，李若溪还迷糊着，只觉得萌萌怎么高了那么多，一只手忽然摸了她的额头："发烧了？"

听到文峰的声音，李若溪像被针刺到般一个激灵清醒过来，猛然后退欲关门，但已经迟了，对方卡住了门没让她关："这么怕我？今天你生病了，我先不跟你计较。我没想要进去，把药给你我就走。"

"我不要！我已经吃过药了。很晚了。明天见，晚安！"李若溪快速地说话，然后继续用力要关门。

"把药拿着！不然我就进去了！"文峰又被这小妮子气得蹙起好看的剑眉，左手用力卡住门不让她关，右手把药递给了她。

李若溪快速权衡利弊，伸手把药接过来："谢谢。再见。"

"这药很有效，吃了明天就能好转。如果明天让我发现你没吃……"文峰没继续说下去，只是给了李若溪一个"你敢不吃试试看"的眼神，转身走了。

李若溪关上门，把药随手一扔，回床上继续睡觉去了。

大概因为年轻，第二天起来果然好多了。李若溪看到被自己扔在地上的药盒，想了想，捡了起来放进包里。

一天都还算顺利，这一天文峰没来找她麻烦，所以乔姿也没有找她麻烦。李若溪觉得天都要亮了，她发誓，这部戏完成后，下次见着文峰大少爷，一定有多远走多远地绕着走。

但这样的好日子不过就一天而已，第二天，李若溪刚打开房门就迎来了一只手，她痛恨自己反应太慢，就那么被那只手摸了摸额头，然后那只手的主人还十分得意地说："看来我的药有效嘛，这么快就好了。"

"是因为我体质好，和你的药没关系。"李若溪好心提醒某人别太自大。但那人不以为然："体质好能被冻感冒？"

"还不是为了躲你，天天在犄角旮旯里冻的！"李若溪真想大声叫嚣，但只能默默腹诽。她觉得自己今天真的很不顺，一开门就看见这货。

更为悲催的是，这一幕被乔姿看到了。然后，李若溪悲惨的一天就开始了。

4

李若溪先是被乔姿撞进结了薄冰的水坑里冻了半天，然后被倒下的草垛埋住，几个人挖半晌才把她挖出来，幸好都没什么事。再然后，就出了一件大事。

乔姿演的女军官忽然擅自更改剧情，要手下强暴李若溪演的村女，李若溪奋力挣扎，文峰饰演的男主角自然来救，李若溪被前面两个男人吓过了头，用力过度，把文峰撞一边去了。话说也真是运气不好，文峰倒下的地方放了几件道具，文峰的左手臂竟然被划了道口子。

眼看着一堆人把滴着血的文峰拥着送去医院，李若溪都没回过神来，直到乔姿的手指甲紧张地扣进了她的手臂感觉到了疼痛："若溪，怎么办？他受伤了！"

李若溪还没来得及说话，导演的吼声就过来了："怎么搞的？有没有专业精神？你们把主角都弄受伤了还演什么演？滚！都给我滚！马上收拾行李！你们几个统统给我滚！"

"导演，我们并没有做错什么呀。"CC姐试图解释，但被导演蛮横地打断："都给我滚出剧组！给你们一个小时收拾东西！一个小时后我让保安去赶人！"

"导演！"萌萌叫了一声，想解释些什么，但也知道说什么都没用，转身走了。

乔姿这才对大家有些愧疚，却也什么都没说。李若溪也没心思说些什么，心里禁不住担心起文峰的伤情。一行人无精打采地回到宿舍收拾东西。

"或者我们就是这样的命。"思琪很灰心。

"别灰心，我马上去找秦受，看看有办法不。"CC姐说着就出门了。

"那个什么禽兽，一看就知道只不过是个什么话都说不上的小剧务，去找他还不是被人白睡。"乔姿说。

"总好过有些人什么也不做，光拖累别人。"思琪也没好气，和乔姿这样的大小姐在一起，到现在她真是觉得有些受够了。

"是她先……"乔姿说了半句没再说下去，大概也觉得自己实在有些过分，转身回她自己的房间去了。

李若溪懒懒地收拾着行李，心想，一会儿要不要去打听下文峰去的是哪家医院，至少应该去向他道个歉。

"你们干吗呢？"李若溪和思琪两个人正沮丧着呢，没关的门被推开了，秦受走进来，色眯眯地瞄了思琪的胸一眼，说："别收拾了。导演说你们不用走了。快去化妆，下午还有戏，主角受伤，要先赶一点儿其他戏的进度。"

"真的？怎么又不用走了？"思琪有点儿不敢相信，这导演变脸真快，就算是CC姐去找了这家伙说情，萌萌也不动声色地去找了那个刘胖子，怕这会儿还在床上吧，哪有这么快。

“导演的事我怎么清楚？你们爱走不走。”秦受刚接到了CC姐说在床上等他的短信，这会儿无心在这儿纠缠，CC姐虽然不如眼前这俩妞鲜嫩，不过他色心虽贪，但也知道先吃了到手的，再来想这俩也不迟。

“行，我们知道了。谢谢你来通知我们。”李若溪拦住还想再追问的思琪，示意她不要再问了。

5

李若溪心里转过好几种可能。对文峰会否在自己血肉模糊地缝针时，还记得给导演打个电话让导演别为难她们的这种可能，念头只是一闪而过，然后笃定否决，那样披着天使外衣的大魔头，怎么可能会好心帮她们?

文峰第三天就回到了剧组，李若溪悄悄地打听过了，说只划伤了一道口子，没伤着动脉，缝了五针。

当晚听说文峰也住演员宿舍没回家，李若溪就决定去向文峰道歉并致以慰问。

半夜她走在走廊上，真是心也惊胆也战，她有点儿佩服萌萌了，几乎天天晚上都跑出来，得有多大的心理承受能力。

李若溪站在508的门口纠结了半天，才伸出手敲门。刚敲了一下，就听到走廊拐弯的暗处有人打了个响指，然后灯亮了，某人就站在那个原本是暗处现在一片光亮的角落里，嘴角带着迷人又痞气十足的笑容：“我还在想，你是不是得等到天亮太阳出来了才敢敲门。”

文峰的突然出现，让李若溪原本自认为已经建设得城墙般坚固的心理防线瞬间就软成一团乱麻，原来想得毫无破绽的道歉措辞也忘得精光，半天只憋出来一句：“你什么时候在那里的？”

“我没赶上你坐的电梯。”文峰说完又笑了，“所以我走了楼梯。”

五楼的电梯和楼梯差得了几分钟？基本上从她站在他门口开始，他就一直在那个角落里盯着她纠结?

李若溪对此感觉深深地挫败，深吸一口气：“其实我是来道歉的。文峰老师，真对不起，是我的不专业害你受了伤。”

“我刚才下了决心，如果你今天不来道歉，我就找律师。”文峰说完这句，仔细地盯着李若溪的脸，看着她刚才的惊慌消失不见，眼里燃起了愤怒的小火苗，心情莫名地觉得愉快。

“我真没想到你是这么小气的人。”李若溪低声喃喃地说，然后又觉得人在屋檐下，且先低一回头，于是伸手往包里掏啊掏掏出那只抢回来的小黄人递过去：“文峰老师，您大人有大量，别跟我计较啦。这个玩偶你不是喜欢吗？我送给你。请你原谅我。”

“用个破玩偶就想打发我吗？”文峰看了一眼李若溪想发飙的表情，怕她连玩偶都不给，赶紧抢过来，紧接着才说，“至少得请我吃顿好的补一补，我可是血流如注呢。”

文峰说这话的时候，表情相当委屈，十分真诚，看着李若溪要发火的表情变成了愧疚，他在心里暗暗佩服自己。演技真是又有了进步，他不过划了道一个创可贴就可以搞定的小口子，流血的不过是原本带在身上的道具血袋，当他让助手说他缝了五针的时候，医生用“你真是个大骗子”的眼神看了看他，然后很鄙视地帮他贴了个创可贴。

“好吧。我请你吃饭。”李若溪开始在心里计算自己的钱包厚度。果不其然，文大少爷接下来那句就是：“我可不吃便宜的呀。”

6

李若溪想一蹦三尺高然后指着他的鼻子大骂：你知不知道世界上还有人会饿死呀？你知不知道我挣五百块钱得挨一顿板子呀？你知不知道逼别人请吃饭还非要吃贵的很无耻呀！

可李若溪只是赔着笑说：“一定不是便宜的，你想吃什么就吃什么。”

“好。那我就订位置啦。明天晚餐，不见不散。”文峰大少爷看起来心情愉快，像正玩弄老鼠的猫咪。

“好。明天见。”与文峰大少爷不同的是，李若溪现在是全身心地垂头丧气，不过，谁让她害人家受伤呢？认了吧。

李若溪回到房间，发现最近夜夜天亮才回房的萌萌居然在床上看书：“你没出去呀？”

“你去五楼了？”萌萌问得很直接，显然她看见了什么。五楼是好一点儿的套房，导演、主演，还有乔姿都住在五楼。

“哦。我去找文峰老师道歉。毕竟他是因为我才受伤的。”李若溪解释道。其实她觉得自己似乎不用向萌萌解释什么，但总怕她误会。

“他看上你了对吧？”萌萌可没听她解释，“有机会就不要放过。有的是人嫉妒你的幸运。”

“不是你想的那样。”李若溪想说，文峰其实是一个爱整人的小人，可是那家伙在萌萌她们面前还挺照顾她们，毕竟这样背后讲人坏话也不是个事儿。

“得了，别解释了。我又没说你怎样。再说了，就算你和他睡了上位了，与我又有什么关系？你会帮衬我们这帮姐妹吗？算了算了，别说了，睡吧。”今天萌萌有点儿莫名地烦躁，她承认自己是妒忌李若溪，可是对于幸运女神没有降临在自己身上这个事实，她也觉得无能为力。

“萌萌……”李若溪还想说什么，可是又觉得不管自己说什么都是多余，只得郁闷地去洗澡睡觉。晚上李若溪做了一个奇怪的梦，梦里文峰盛装拿着火红的玫瑰向自己下跪，说了很多的话，好似是求婚，又好似不是，他一直在说，可是李若溪却连一个字也没听清楚，于是急得满头大汗，然后就醒了。意识到是在做梦后，李若溪忍不住伸手拍了一下自己的脑袋：“让你没事做这么脑残的梦！”下手太狠，脑袋嗡嗡地痛了好一会儿才清醒过来，飞快地起床梳洗去现场，忙碌的一个早上就这么过去了。

文峰大少爷大中午才慢悠悠地到场，拍了两场戏，开始吃午饭。李若溪正扒着冷盒饭的时候，手机“嘀”的一声来了一条来自陌生号码的短信：“我中

午没胃口。索性饿着，等晚上的大餐。”

7

李若溪瞪着那条短信看了半晌，左右看看，周围没人，也没回复他，直接把手机往兜里一塞，继续吃她的冷饭，可是有点儿气得吃不下了。果然是越有钱的人就越小气，明明知道她只不过是个小龙套没几个钱，居然还做得出这种中午就饿着等她请客再大吃一顿的变态事。

傍晚不知道为什么收工特别早。为了省经费赶进度，哪个剧组不是日夜赶工的，本来这剧组也是不到晚上九点十点绝不放人的，可今天七点不到就收工了。李若溪严重怀疑文峰大少爷为了吃她这顿饭使用了私权让大家提早收工。

文峰那辆扎眼的跑车在楼下停了十分钟后，乔姿一阵风似的从五楼跑到三楼，一把抓住正准备出门的李若溪：“李若溪！你！你今天竟然要和文峰去约会？”

“不是约会。只是我向他道歉，请他吃一顿饭。”李若溪老老实实地回答，但当然没人信，其他人艳羡的目光也就算了，思琪还捏了她胳膊一把说：“好好抓住机会呀。”乔姿的指甲更是快抠进她的肉里，痛得她眉头直皱：“姿姿，你别紧张。真的只是吃一顿饭！”

“我不信！除非你不去！”乔姿又急又气，都快面目狰狞了，CC姐伸手把乔姿拉开：“让她去吧，这种事，勉强不来的。”

李若溪在乔姿杀人的目光中下了楼，面对着坐在跑车里大晚上还戴着墨镜装酷的男人脸上那得意的微笑，在心里腹诽他一千万次又一千万次。

上了车，李若溪自己系了安全带，什么话也没说。反正现在她就是待宰的羔羊，爱去哪儿去哪儿吧，她是把自己所有的现金加信用卡都带上了。

跑车在没堵车的路上足足狂飙了半个多小时，此间李若溪无数次希望出现一名交警来给这货开一张超速罚单，最好把他人车都给扣下。但不知道为什么，车越开，路上人越少，最后几分钟李若溪都有点儿害怕了，这家伙不会是个变态杀人狂吧？

车终于停了，李若溪向外面一看，车停在一个雅致的小庭院里，这是什么餐厅？环境挺不错的，居然让车直接停在院里的草地上。

“看你刚才的表情，似乎在害怕？”开车的人解开安全带，转过脸摘下墨镜问她。

“没错。我怕你把我交待在路上了。姑娘我还有事没做，不想这么早见上帝。”李若溪实在没好气。反正今晚是被他坑定了，又不是赔了笑脸就保得住她那点儿少得可怜的老本。

“哈哈。放心吧，我还没娶妻生子呢，不会早死的。”文峰大笑，他的心情很好。不知道为什么，每次一见到李若溪，他的心情都会好，特别好。

前几日他趁假病空闲下来去找好友喝酒，他问对方如果看到一个女孩就心情很好，总是想捉弄她，被她骂也不生气是什么情况。好友幸灾乐祸地告诉他，他完蛋了，他爱上那个女人了。

说心里话，文峰不想沾染关于爱情的什么东西。但是见到李若溪心情就不由自主地变好这点儿小乐趣，他又不想放弃。

8

“按你的开车速度，我可不敢保证上帝每次都帮着你。”李若溪推开车门下车，“这是什么餐厅？”

“嗨，美丽的小姐。这不是餐厅，这是你身后那位土豪的家。不过，有厨师。我就是那位倒霉的厨师。”一个高大的白种男人推着餐车从屋里走出来，拍了一下手，院子里的灯光亮了起来，布置浪漫的餐桌早已就位，李若溪暗暗同意对方的话，文峰大少爷真的就是位土豪，在自己家里搞这套，花，灯，大厨，还是外国人，得花不少钱吧？

“你好。我是雷诺，我是法国人。”高大的法国男人牵过李若溪的手，吻了一下她的手背，没注意到文峰的眼睛瞬间眯了一下，闪过一丝杀意。甚至连文峰自己都没注意到，别的男人只不过吻了一下李若溪的手背，他的心里为什么就会那么不舒服？

“你好。我是李若溪。希望你这顿盛宴，不会收费太贵。”李若溪始终关心的是自己的荷包问题。

“如果是你付费，我会选择免单的，亲爱的。”雷诺得寸进尺。文峰咳了一声：“雷诺，你可以走了。”

雷诺对李若溪眨了一下眼睛，小声说：“土豪赶人了，小姐，你要小心哦。别被他吃干抹净哦。”

“你的中文说得挺好的。”李若溪笑着说，真心赞美，这外国人居然连“土豪”这种新近流行的词都运用得这么恰当。

“雷诺，你再不走，账户就收不到钱了啊。”文峰再次出声赶人，李若溪笑得很开心。这是她今晚第一个真诚的笑容，居然是对着雷诺那个法国人。

“土豪生气了。我走了啊。美丽的小姐，再会。”雷诺说着，还不忘快速给李若溪来了个吻别，文峰拳头都握紧了，李若溪反应也挺快，别开了脸让他只亲到了头发。雷诺大摇大摆地走了，李若溪对文峰说：“没想到你的朋友还挺有意思的。”

“他不是我的朋友。”文峰郁闷于自己怎么会有这样只想拆他台的朋友。

“土豪的朋友很多。我知道的。”李若溪说着，忽然想起网上那句用《机器猫》曲子唱出来的流行段子，不由自主地唱了出来，“土豪我们做朋友，蹭吃蹭喝蹭姑娘，只要有了土豪朋友，快乐就能无限延长。”李若溪唱着，觉得好玩，边唱边蹦跳着走到桌子边拉开椅子坐下，然后笑嘻嘻地对文峰说：“土豪朋友，请坐吧。”

文峰被她逗得哭笑不得，心里只恨不得赏雷诺那个法国人俩大嘴巴，拜他所赐，他现在成土豪了。

既然做不了浪漫绅士，那就随意吧，文峰索性也不装什么浪漫情人范儿了，反正这里也没别人，再说了，他装得再英俊风流，好似也不入李若溪这丫头的眼。

9

“土豪我们做朋友，蹭吃蹭喝蹭姑娘，只要有了土豪朋友，快乐就能无限延长。”李若溪心情不错，一边自己打开食物的盖子，一边继续哼着土豪歌。

“好。”文峰忽然说。

“什么？”李若溪没反应过来。

“你不是一直在求和我做朋友吗？我说了，好。”文峰一本正经。

“哈哈哈，抱歉。我不哼了。只是觉得好玩。”李若溪乐了。

“我不能和你做朋友？”文峰不满意。

“能啊。但是还是不要做朋友的好。”李若溪也直截了当。

“为什么？”文峰不明白，还有不想和他做朋友的女人吗？

“地位相差太大，价值观念不一样，做不了平等朋友，做了也不开心。”李若溪说完，切了一块牛排放进嘴里，不错，挺嫩，就是没有辣炒牛柳味道好。她能确认自己喜欢中餐多过西餐。

“你怎么知道会不开心？”文峰问。

“就好比这牛排吧。请法国大厨来做正宗的法国大餐，最好的牛肉，煎到最恰当的程度，控制好火候和温度，吃的时间也刚刚好，味道也是你喜欢的。在你喜欢的房子的院子里，灯光环境都刚刚好，你觉得这顿晚餐很完美。”李若溪端起精致的杯子喝了一口酒，继续说，“而我觉得呢，虽然我也很喜欢这样的环境，但我知道，在这样的大都市里这样的好环境是需要金钱来买的。以我的收入，是无法支付这样的环境费用的。比起法国牛排，我更喜欢辣椒炒牛柳。牛排可以配红酒，穿着高雅的礼服，怎么高雅怎么喝。但你看，我现在只不过穿了件毛呢外套，怎么看都是不伦不类。但如果我穿成这样去吃辣椒炒牛柳则刚刚好，有可能还可以和好友喝点儿白酒或啤酒。还有这水杯，水晶的，透明、轻薄，不是经常性地习惯使用的人，笨手笨脚的人，一分钟碎一个都不带怀疑的。这就是屌丝和土豪的区别。屌丝和屌丝做朋友才有共鸣，才不会自卑，土豪和土豪做朋友，才不会居高临下，才能感受平等。”李若溪说完，看着文峰似是而非的表情，又说，“不明白吗？不明白就对了。这就是你和我不能做朋友的原因。”

“那你为什么要和我出来吃饭？”文峰问，他发现了一个坦白的却让他感觉有距离的李若溪，他不知道应该高兴还是应该难过于她直白的拒绝，她竟然认为与他连朋友都不可以做，真是有种一片痴心付流水的感觉。虽然现在说痴心有点儿过了。

“因为我的过失使你受伤，我想表达我的歉意。因为你要求请你吃饭作为道歉。”李若溪说。

“如果我一定要和你做朋友呢？”文峰问道。

“你会吗？在我说得这么明白之后？”李若溪反问。

“你跟我在一起，你在这圈子里想要的一切，我都会给你。这样的诱惑不够吗？”文峰本来还想讲几句真心话，但这样的李若溪真的让他有距离感，她讲了真心话，却感觉离自己更远了。

“我不喜欢这种得到的方式。”李若溪想了想强调道，“一点儿也不喜欢。”

10

李若溪与文峰的晚餐不欢而散的时候，乔姿在房间里喝得酩酊大醉：“李若溪，你明知道我喜欢他，却要和我抢。”CC姐和思琪她们劝不住，只得由着她。萌萌没去劝，只是冷冷地看着她闹。萌萌敏锐地感觉到，她们四个人，大一时就说好一起闯荡的四个人，已经走到尽头了，从此就要各走各的路，无论内心还是身体，再也不会在一起成为团结的朋友。萌萌有一点儿伤感，但是明白这是她们必然会走的路。

但萌萌绝对没有想到的是，乔姿的不理智，把她们几个全赔上了。

第二天乔姿清醒后，就到银行去提了十万块钱找了林导演，她把钱摆在桌子上，仔细地观察林导演的表情，看林导演没说话，以为得到了默许，便直接说了李若溪和文峰有染，企图潜规则上位。

“你为什么这么讨厌那个女孩？”林导演忽然问。

“啊？没有啊。我没有讨厌她。我只是看不惯。”乔姿有点儿摸不着头脑了，难道她的方式不对？

“我不知道你为什么要这样做。但我可以告诉你的是，你用这样的方式，永远不可能在这圈子里真正出头。谁都想向上爬，也许她的方式是不对的，但是，你的方式绝对是错误的。”

乔姿心里暗叫不妙，但已无力回天。她刚回到宿舍，便听到了剧组要开除她们五个人的消息。

CC姐顿时就崩溃了，大哭起来，她在这圈子里跑了六年龙套，年纪已经不允许她再蹉跎下去，再这样，只能放弃了。思琪也不住地掉眼泪，她经历的事，对一个女人来说，也已经是最糟。萌萌紧紧抓住李若溪的手：“若溪，求求你，你知道的，那个刘胖子在这种时候在林导演面前根本说不上话。求求你，你去跟文峰老师说说吧，他一定能帮我们的。你知道，我们不是不努力，我们不是没有实力，我们只是没有机会。求求你了，若溪，帮帮我们吧。”

“我……”李若溪想说，自己跟文峰根本就没有那样的关系；李若溪想说，她不能帮这样的忙。可是话到嘴边，根本就说不出口，只觉得悲从中来，这几年的辛酸点滴聚集，心里疼痛难忍。

于是，一天之后，李若溪深夜坐着出租车，又来到了那处环境清美灯火幽暧的小院前。

敲门的时候她想了一千种自己要来这里的理由，都觉得不是理由，又觉得全都是必需。文峰竟然亲自来给她开了门，大概因为昨晚的不欢而散，气氛有点儿尴尬。在这样尴尬的气氛下，纠结的李若溪紧张得绷紧了全身的肌肉，她能感觉到汗水已经湿透了她的内衣。

“这么晚了，有什么事吗？”文峰觉得今天的李若溪异常陌生。李若溪没回答，深呼吸一口气，开始动手脱衣服。文峰看到她开始用僵硬的手一件一件地脱衣服，顿时明白了：“有事求我？”他没阻止她脱，只觉得心里的火越冒越大。

“求你。”李若溪咬着牙齿轻声说，“让她们留在剧组吧。”最后一件吊带，李若溪实在有点儿脱不下去了。

“别脱了！不是告诉你了吗？我看不上飞机场。”文峰心里只觉得快气疯了，“你走吧。这事我会考虑的。”

文峰生气地转身飞速上楼去了。李若溪慢慢一件一件套上自己的衣服，直到走出门后，才发现自己已经哭得不能出声了。她泪眼模糊地掏出电话，打给了妈妈：“妈妈，我要回家。”

第三章 那些来不及讲的事

关于李若溪的一切，他完全无法抵挡诱惑，哪怕是关于她的一个不知真实与否的消息。

1

李若溪记不清楚那晚自己哭了多久，只记得清醒过来的时候，已经离文峰的家很远了，站在空旷无人的马路边上，晚风有些利，吹得她全身酸软无力，骨头像是要散架了，但是千丝万缕的痛却连着身体的各个部分，想号叫着发泄，却没有半点儿力气。

李若溪蹲在路边，呜咽着，却没有发出声音。直到一辆车闪着刺眼的灯光停在她的面前："上车吧。我送你回去。免得你被人埋尸我还落个见死不救。"想做好事，嘴却贱得一分不让，李若溪不用抬头都知道是谁。虽然觉得无论如何也没有脸面再上他的车，但是经历过刚才，她在他的面前，哪里还有什么叫作脸面的东西呢？只剩下耻辱了。

李若溪上了车，一言不发。她的内心充满了羞耻与悲愤，充满了对自己的鄙夷。文峰狠踩油门，也一言不发。他非常生气，生气自己明明已经开始看不起她，嘴上说着什么不能做朋友，转身却来向他献身；也生气他明明这么生气，却不由自主地担心这小二货这么晚了才来找他，现在回去根本就不可能在这地方找到出租车；文峰更多地生气于自己，明明看到她脱衣服时想揍她一顿恨不得她去死，却居然因为担心她而开着车跟她走了一路，明明一点儿都不想理她，却停车提出要送她回去。归根结底，他生气自己，遇上这个女人之后，他都行为错乱了。

李若溪回到宿舍后默默地收拾自己的东西。乔姿其实看到了文峰狂啸而去的跑车，想向李若溪质问一番他们之间是否发生了些什么，但又觉得不应去问。看着李若溪的脸色灰败得似将死之人，也不敢去问。

CC姐和萌萌都不在，也许，是用她们的方式想办法去了。思琪坐在窗户边抽烟，一支接着一支，只说了一句："有时候，做个不漂亮的普通女人很好，至少，不会像我这样，因为不切实际的梦想，粉身碎骨了还想继续下去。"

李若溪只是继续沉默着收拾自己的东西，她不想说话，也说不出任何话。她现在只想回家，见她的妈妈。然后，然后呢？她不知道。

五个人都能留下来的消息第二天一早就通知下来了，CC姐、思琪、萌萌都很高兴，乔姿松了一口气。李若溪拖着自己的行李箱准备出门：“恭喜你们。”

“若溪，你不留下来吗？”思琪昨晚已经察觉了李若溪去意已决，但还是问了一句。

“我放弃了。我决定听我妈的话，回去找一份工作，然后结婚。”

“可是若溪……”思琪还想说什么，李若溪打断了她的话：“再见。加油。你们一定会大红大紫的！”

李若溪不再给她们说话的机会，转身走了。拖着行李箱走得飞快，仿佛身后都是她再也不愿意面对的过往。

2

文峰在第三天下午才后知后觉地察觉了李若溪的离开。因为第二天他生气地在家里闷了一天，什么电话也没接，什么人也没见，只是郁闷地在家里各个房间来来回回地转圈。他根本没有想到，李若溪会放弃留下的机会，那可是她宁愿放弃自己的原则在他面前丢掉尊严也要争取的机会。

等文峰察觉到李若溪并非是为了自己才那么做，而是为了乔姿和萌萌她们才做“傻事”，他觉得这个女人简直笨得像是万古化石，她是怎么做到的？竟然有这样的信心用这样纯挚到“蠢”的心企图在这个圈子里存活？

然后，文峰的怒火在瞬间变成了担心，他觉得像李若溪这样的小菜虫小绵羊，属于帮狼捡好柴火架好锅点燃火种然后自己跳进锅里的角色。他忽然觉得自己应该英雄主义大爆发一次，抢救这只傻里傻气的小绵羊一次。

文峰甚至打算好了，如果不能将她纳入自己羽翼之下，也会动用自己的所有关系，让这个傻女人梦想成真一回，就当做慈善了。

当然，文峰还没有想明白自己为什么会这样想，凭什么他会这样无条件地帮助这个女孩子。他没来得及探究，乔姿就来告诉他了：“文峰，我有事想跟你说。”

“什么事？”他对乔姿直呼自己的名字也觉得非常不爽。但是又觉得无所谓，因为她不是他应该在意的女人。

“我想告诉你，若溪回老家去了。”乔姿的眼睛盯着文峰的脸，这张脸英气逼人，眼神深幽迷人，这个男人浑身都散发着上位者独有的光芒。他自信，魅力，不可一世，却也并不刺伤人，像王者，气势可收可放。她喜欢这样的男人，她想征服、想拥有这样的男人，不管用什么样的方法。“不知道她有没有告诉你，她会回去找一份稳定的工作，有一个喜欢她很久的男人，会成为她的丈夫。她决定放弃，做一个平凡的女人，结婚生子，过普通女人应该过的生活。”乔姿捕捉到了文峰眼睛里一闪而过的光芒，她叹息一声，就像真的很替李若溪惋惜那般继续说，“其实这些年，她经历了很多，以后选择安稳幸福的生活，对她未尝不是好事。”

乔姿说完这句话之后，便发现文峰在盯着她看，他的眼睛像一种不知名的神秘仪器，像是能把她的心思看穿那般，乔姿有点儿害怕，但她也莫名地觉得自己应该有勇气，她爱这个男人，她要得到这个男人，这就是她的勇气。

“你的脸只动过眼睛，没动之前应该也挺漂亮的，身材比例也不错，也许胸是垫的，但没关系，现在很多女孩子都已经不是天然的了，在这圈子里，你应该还能算得上天然美女。据说你家境富有？很不错。符合现在白富美的标准。”文峰说到这里，故意停了停，加重了语气，像是强调那般，一字一顿地说，“但非常抱歉。我不喜欢你这样的类型。更准确一点儿说，你不会成为我的选择。”

3

乔姿觉得文峰是她所遇到过的最恶毒的男人。她还没开口表白自己的心，他就先入为主地打破她的计划，撕碎她的尊严，把她的爱情嫩芽一脚踩入烂泥之中。她觉得自己痛苦得快要死掉了。她想干脆地恶狠狠地回击这个以一种王的高贵鄙视她的男人：你别自以为是了，我什么时候喜欢过你了？但是，乔姿喃喃地说出口的是："呀，我明白了。"其实她怎么会明白呢？她以为她对他的爱情种子已经被踩入烂泥的那一瞬间死亡了，可实际上那可恶的种子非但没死，反而以一种旺盛的姿态怪异地成长起来。她对他，比以前更加渴望，这种渴望甚至盖过了他所给她的屈辱。

乔姿在愤怒而痛楚地沉溺于酒精里挣扎着的时候，李若溪披着一件不够保暖的外套，正站在厚雪地上接文峰的电话，那个同样在搞不清楚自己内心感情而挣扎不定的男人高傲地在电话那头问："李若溪，你老家在哪里？"

"你问这个做什么？"李若溪不认为他会安什么好心。

"我想参加你的婚礼。你不想收我的礼金吗？我这个人很大方的。"文峰明明想问，你在哪儿？为什么要这么容易就说放弃？但嘴里说出来的话却让他想咬掉自己的舌头。

"文老师，你的心意我领了。谢谢。没什么事我就挂了。"李若溪说完就挂了电话，心里只觉得被他的话呛得发闷，也不知道是为什么。

"李若溪，开始了！"那边有人在大喊。

"来了！"李若溪把电话塞进棉衣口袋，把棉衣一脱，露出里面单薄破烂的抗战时期的土布装，转身冲过去，和其他群众演员躺进了冰冷刺骨的雪堆里。

李若溪在雪地刺骨的冰冷里暗暗给自己加油的时候，文峰把打不通李若溪电话的手机扔进垃圾桶里，倒入沙发，过了一会儿，又跑过去捡了起来，用手抹了抹其实并不存在的灰尘，然后看着手机一直发呆。

雪地上滚的戏完成之后，李若溪才喝上了一口热水，有位认识的场记范叔来问李若溪，有一场被强暴杀害后的女子被埋在沙堆里的戏她愿不愿意去演。天太冷，零下四五摄氏度，又是没台词的死尸，还得穿着破烂单薄的衣服在雪堆里埋着，女群众演员们谁也不愿意去演。李若溪咬咬牙，说："我演。"戏里要求雪把她上半身全埋起来，只露出裸露的小腿。雪还没盖到一半，李若溪那身又破又薄的衣服就湿透了，嘴唇冻得乌紫，脸透明地惨白着，当真跟死尸差不多。演完之后，李若溪还没来得及动，一件厚实温暖的大棉袄就披在了她身上，一个与她一样一看就穿着群众演员衣服的高大男子露出一口白牙对她笑："你这小丫头演得还挺像，我还以为你真死了呢。"

李若溪不记得认识他，但能感觉到对方并无恶意，于是裹紧棉衣，笑说："嗯，那是冻的。"

"我叫苏若明，你叫李若溪，对吧？"对方笑得更开心了。

4

某剧组。

吃午饭的时候，苏若明又自来熟地找李若溪聊天。

"你是怎么知道我名字的？"李若溪可不会认为是因为自己出名了。

"刚才我听范叔说的。"苏若明笑起来很阳光、很温暖，换掉那身破烂脏的群众演员衣服，李若溪才发现，这家伙高大帅气，是当明星的料。

"你是哪所学校毕业的？肯定不是我们学校。"李若溪她们学校，长成这样的两个都早入行红了。

"我没读过大学呀。"苏若明说。

"难怪，不然以你的条件，要是在戏剧学院里，应该早有人找你拍戏，不用再来做群众演员了。"李若溪一边扒着冰冷的盒饭一边说。

"你这是在夸我帅吗？"苏若明也开始吃饭，"我觉得这饭也没那么难吃了。哈哈。你快多赞美我两句，这样我就能快点儿把饭吃完了。"

"好吧。你帅到天地动容，鬼神抽泣，姑娘们都看不到地。"李若溪觉得这家伙还怪好玩。

"姑娘们看不到地是什么意思？"苏若明问。

"光顾着看你了，谁还看得到地呀。"李若溪笑说。

"你说谎，你就没看我。"

"我不是姑娘啊。我是女汉子。"李若溪笑说。上午演完死尸后又有个扛木头的戏，李若溪又去了，于是苏若明说她是女汉子。

“我上午说着玩的，你生气了？”苏若明盯着李若溪的脸，脸上真害怕她生气的样子。

“对。我生气了。现在开始讨好我吧。”李若溪觉得，有苏若明在，还真不容易无聊，逗他就够乐的了。

就在李若溪慢慢地走出文峰的阴影，像株随处存在随处开花的杂草一样在各个剧组拼命的时候，文峰却时常在剧组里走神。他的眼睛总是不由自主地在剧组里寻找李若溪那个单薄瘦小却脚步匆匆做事认真拼命的身影。可想而知他找不着李若溪，因为李若溪也是属于水鱼类的，一有什么动静就会躲起来。只要听说文峰会出现在哪个剧组，她就绝对不会去。这也让她推掉了不少很想去争取的机会。因为文峰实在是太红了，有一段时间，李若溪觉得好像那个家伙什么剧组都有份，不是主演就是制片，要不就是投资人，在有的剧组竟然还是导演。

“要不要把自己搞得这么全能，也给别人留条活路好吧？”这天又推掉了一个会有文峰出现的剧组戏，李若溪难得闲在家里没什么事，苏若明就自来熟地买了一堆菜到她租的小公寓里做火锅吃。难得有人动手，李若溪就缩在沙发里看电视，正好看到文峰出席某活动粉丝们尖叫的新闻，于是发了点儿牢骚。

“我以为你是他的粉丝呢。”苏若明听到了，一边说一边观察她的反应。

“谁是他的粉丝呀。我喜欢的是陈道明老师好不？”李若溪否认。

“哈，原来你是大叔控。我以为你喜欢文峰这样的帅哥呢，你每次都看他的新闻。”苏若明说。

“帅有什么用？帅能卖钱吗？”李若溪不屑一顾。

5

“帅当然能卖钱，你看他，就是帅才有那么多粉丝为他尖叫。而且他不只是帅，他还挺有才，很有投资眼光，跟别的‘富二代’不一样，那个家伙是哈佛商学院毕业的，还拿过全额奖学金。”苏若明这么说的时候，忍不住看了一眼电视上那个镁光灯下熠熠生辉的男人，心里是真的泛起了酸味。他第一次觉得羡慕文峰。为什么呢？因为他吸引了李若溪全部的目光吗？

“你也帅，但是你没能卖钱。”李若溪偏偏哪壶不开提哪壶，“你干吗呀？拿着块豆腐发呆。做好没？我饿了。”

“我帅得一点儿用也没有，所以想撞豆腐自杀呀。”苏若明咧嘴一笑，一边回答一边动手，“苏式麻辣火锅马上开始！”

“你到底会不会呀？做了这么久还没好，能吃吗？”李若溪忽然觉得应该再打击打击这家伙，脸和身高都长成他这样的，一旦遇上机会，就一飞冲天了，要开玩笑就趁现在啦。

“李若溪，你的不信任令我非常受伤。”苏若明做捂心痛苦状。

“嘁。”李若溪相当鄙视这货的娘们样儿。

李若溪和苏若明愉快地一边吃火锅一边对电视里的文峰评头论足的时候，文峰连打几个喷嚏，眼睛不断地在剧组里各个角落扫射，害得今天剧组里的所有人都不由自主地紧张起来，生怕文大少心情不好弄什么幺蛾子事儿出来。其实文峰没想找谁什么事，他只是拿不定主意，向谁要一下李若溪老家的地址，他一定要亲自去看看，那个二货丫头穿着婚纱嫁给别的男人是什么样子！

最后文峰终于把秦受抓了过来：“把那天那五个女群众演员的资料表给我拿过来！”这句话说完，人家爷就转身头也不回地走了。秦受原地想了半天，才记起是CC姐她们五个，她们当时来的时候资料是交了，可后来赶了两次又留了两次，那几张破纸早丢没影儿了。但这会儿文峰大少爷要，也不能不给呀，秦受马上跑去找CC姐，但CC姐没找着，屋里只有萌萌一个人。秦受看着萌萌的屁股，色眯眯地说：“刚才文少向我要简历呢，有位女配辞演了，他想在群众演员中挑一个。”

萌萌看秦受的眼睛盯的根本不是地方，那手眼看就要摸到她身上来了，自然也知道怎么回事：“你打算把谁的简历给他？”

“这个我得想想。”秦受眼神赤裸，萌萌一阵恶心，可是她强忍下去了，露出娇好的笑颜：“交我的简历好不好？”

“那我要看看你的资历够不够了。”秦受的手抚上了萌萌的腰，萌萌没有反抗。

6

乔姿正在和文峰的一位女助理琳达吃饭，她塞给她一个包装袋，名牌商标极明显地印在那袋子上。

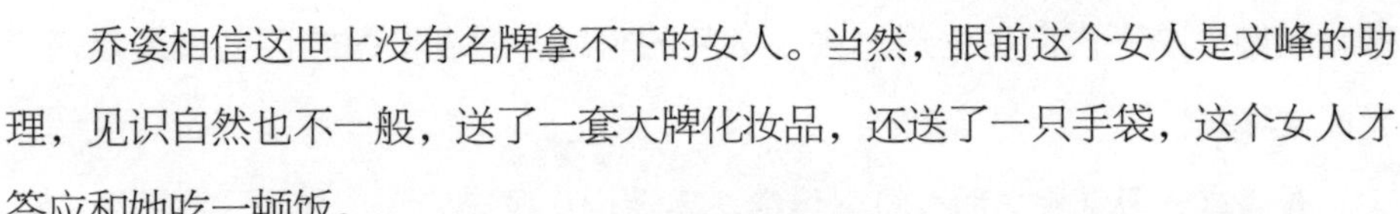

乔姿相信这世上没有名牌拿不下的女人。当然，眼前这个女人是文峰的助理，见识自然也不一般，送了一套大牌化妆品，还送了一只手袋，这个女人才答应和她吃一顿饭。

“我先说了，我干涉不了文少的任何事。我只能听从他的命令做事。他不喜欢被人牵着走，他要掌控一切。你明白吗？如果被他知道身边的人有背叛他的行为，我会死得很惨。”琳达早知道乔姿的意图，单刀直入地明说了。想追文峰大少爷的千金小姐自然不少，但舍得从她这里下狠手的，乔姿是第一个。

“当然啦，我没叫你做什么呀。我只是想知道他的行踪。”乔姿说完这句，迎来了琳达“不可能，你白日做梦”的目光，于是赶紧改口说，“当然不是私人行踪啦，只是想知道他每天的通告地点时间什么的。”乔姿已经决定了，没有机会，就自己给自己制造机会。

“我尽量吧。但你要知道，不能让任何人知道是我告诉你的。否则你我都会死得很惨，你也不会再在文少那里有任何机会。”琳达说。

“这个当然啦。”乔姿赔着笑脸满口应承，她不喜欢琳达的态度，她讨厌这种被人牵制的感觉。但她却必须笑脸相迎，所幸，她学的是表演专业。

“我是看在那个手袋的分上才答应这样帮你的。我没欠你什么，所以不会讨好你。你不喜欢我我知道，反正我对你也未必有什么好印象。”琳达不知道是不是跟着文峰久了，笑脸之下那毒舌，也是句句见血封喉，噎得乔姿不知道怎么回复她好。只得咳一声轻抿着咖啡，装作没听到，却疑心自己的演技是不是真的就那么烂，竟然让她一眼看出自己对她的厌恶。

接下来的时间，乔姿只专心做一件事，那就是像一个真正的粉丝一样，买最大最好的花篮，出现在每一个文峰会出现的通告上，有时候文峰会收到她的花，有时候则到了助理那里后再无下文。相同的是，文峰根本就不看乔姿一眼，或者看了，只是眼睛里没有她这个人，就当她和那些尖叫的女孩一样，只是一堆人中的一个。

乔姿不知道自己是以一种怎样的心态在明确被文峰回绝之后还能这样做，但她只是不由自主地跟过去，做梦的时候，看到卑微的自己和远处闪着光的文峰。

乔姿有一天梦醒之后，打电话给李若溪说："李若溪，你没法和我比的。他如果看上了你，一定是个错误，绝对是个错误，不可能不是错误。"

李若溪当时正在赶往一个片场的路上，乔姿说完这句莫名其妙的话之后，就挂了电话。李若溪盯着手机发了一会儿呆才惊觉，乔姿说的那个他，有可能是文峰。

文峰看上了自己？可能吗？李若溪摇摇头，自嘲地笑笑。

"什么毛病？发相思的人才会莫名其妙地笑啊，你看上谁了？"苏若明英俊明朗的脸忽然出现在李若溪眼前两厘米的地方，吓了李若溪一跳，李若溪一掌把他拍开："滚，你有黑头。"

7

"你说谎！我牛奶般白皙嫩滑的皮肤怎么会长那么恶心的东西！"苏若明大叫着反驳，却随即拿出镜子来揽镜自照，李若溪实在忍不住拍了一记他的头："别这么像个娘儿们成不？"

苏若明放好镜子，觉得很委屈，"现在不是流行女性化的男人吗？我说不定会因为我的娘儿们而一炮走红的！"

“演太监的角色都适合你。我一定向各个需要太监演员的剧组推荐你，放心吧，姐儿们。”李若溪觉得每天逗着苏若明玩儿，时间过得还蛮快的。

不同于李若溪对环境的渐渐适应，文峰却日渐焦躁。此时，文峰正在家里的客厅看一沓资料。那是秦受给他找过来的几名女群众演员的资料表，谁的都有，就是没有李若溪的。

可想而知，资料都是秦受现找的，李若溪不在，当然也就没有李若溪的，文峰挫败地把那沓承载了姑娘们梦想的资料扔进垃圾桶，开始坐立不安：那个倔强的死丫头，不会真的已经嫁人了吧？这个念头一起，文峰抓起外套，飞快出门。

萌萌下了戏，很累。等电梯的时候，她靠着墙，觉得有点儿身心俱疲。她天天去那个肥猪一样的刘导的房间里折腾到凌晨，可是，得到的角色都无足轻重，她还能撑多久？

“嗨，萌萌小姐，请稍等一下。”电梯来的时候，有人在后面叫住了萌萌，萌萌回头一看，眼睛里闪起了一丝不易觉察的光，转身微笑地行礼：“你好，文峰老师。”

“呀，你好。”文峰觉得自己心里想问的事情有一点儿说不出口，很尴尬。

“若溪走了，真是可惜。”萌萌多聪慧的一个人哪，她几乎能一眼看穿眼前这个表面风光镀金内心却不过是一个骄傲的孩子的男人叫住她是为了什么，“她跟我们都说是回老家去了，不过我是不相信的。”

“哦？为何？”文峰挑眉，绅士地伸手让萌萌先进电梯，萌萌这个女孩子，身高个子都跟李若溪差不多，连脸形也稍有点儿相似，加上她又主动提起了李若溪，文峰禁不住对她有了好印象。

“做演员是若溪从小到大唯一的梦想。她不会这么轻易放弃的。”萌萌说完，又加了一句，“我才不相信她会回家找工作相亲结婚呢。那个笨丫头，现在一定在某个剧组里拼命，为了演戏，她什么苦都肯吃。”萌萌用一种又是心痛又是佩服的语气说着，她敏锐地捕捉到了文峰脸上因为李若溪而起的细微变化。

萌萌想，或者，她应该能找到更好的上位的方法。

8

“你们是很好的朋友？”文峰忍不住问，眼前这个女孩身形消瘦，连脸形都与李若溪有些神似，如果她们是朋友，他没法不对她有好感。

不同于对乔姿的傲慢与轻视，对于萌萌，因为她语气里对李若溪半是嗔怪半是维护，于是他心里也对她不再那么排斥。

文峰不知道，他现在正在走入一条连他自己都无法理解的不归路：关于李若溪的一切，他完全无法抵挡诱惑，哪怕是关于她的一个不知真实与否的消息。

“对呀，我们大学四年一直睡上下铺。”萌萌明快地回答，然后忽然想起似的问道，“对了，文峰老师，你找我有什么事吗？”

“哦，没什么事。”文峰总不能说他叫住她其实是为了问一下李若溪的老家在哪儿想去找她吧，“我只是赶电梯。”

“哈，你赶上了。”萌萌也并不追问，只是状似闲聊地说一些正中文峰心意的话，“若溪的老家在杨城市，离我老家不远，她家现在只有她妈妈一个人，所以她挺担心她妈妈的。我们去过她家玩，她妈妈包的饺子超好吃！那时候她家还有一只捡来的流浪狗，叫李如溪，哈哈，我们都说那是李若溪的弟弟。”

萌萌细细碎碎地说着一些关于李若溪的事，文峰假装并不在意地仔细听着，偶尔“嗯”一声，并不加入聊天，弄得萌萌有些吃不准自己下的药是否对了症。直到走出门后，文峰说：“明天剧组在丽华酒店有活动，你也来吧。”萌萌几乎都快掩饰不住自己的狂喜：她猜对了。文峰的目标就是李若溪！

萌萌与文峰状似愉快的聊天一直在楼下等着文峰出现的乔姿看在眼里，像一根忽然新生长出来的硬刺，瞬间入了乔姿的骨肉，痛得好几秒钟内都浑身僵硬无法动弹。

直至文峰的车消失在门外道路的尽头，乔姿才忽然回魂般冲过去抓住萌萌："你刚才和文峰在聊什么那么开心？"

乔姿问得理所当然，一点儿都不掩饰她的愤怒与嫉妒，但萌萌可不是李若溪，大家虽然一直是好友，但萌萌向来不买乔姿的账："你放弃吧。那个男人喜欢的女人不是你。"

"你凭什么这样说？"乔姿恼羞成怒，差点儿大叫。

"这世界上就是有这么奇怪的不公平，你明明比她好一千倍一万倍，但她偏偏拥有你想得到却得不到的东西。不是吗？"萌萌看着乔姿接近完美的俏脸，慢悠悠地说。

比起李若溪，萌萌更嫉妒乔姿，美貌、财富、地位，甚至智商什么都不缺，但现在感觉好一点儿了，因为原来乔姿也并非什么都能轻易得到。

萌萌说完，甩开呆住的乔姿，独自走了。

9

某剧组。

"若溪，我好难受。我吃了很多药，会死不？"苏若明实在不堪手里李若溪的手机一直振动个不停，接听了乔姿的电话听到的却是这句话之后，苏若明不由得再次确认了手机确实是李若溪的没错。

李若溪怎么有这么不靠谱的朋友？想自杀还是怎的？苏若明对着电话喂了两声，那边倒是没挂电话，但好似意识模糊在胡言乱语。

苏若明没法，李若溪这会儿正趴在雪地上装死尸呢，也不知道是上次拍埋雪裸死女尸演得太好了还是怎的，最近不管到了哪个剧组，只要有女死尸，就一定会叫李若溪演，连李若溪都自嘲说，自己干脆叫女尸专业户算了。

等女尸李若溪哆嗦着从雪地里活过来后，苏若明飞身过去把她整个人用一件大棉袄裹住：“这戏又没活着的镜头，光装死尸，你不演不成啊，冻不死你。”

“冻……冻……冻死……我了。”李若溪冻得话都差点儿说不成了。

“冻你还演！”苏若明把手里的暖宝塞到李若溪手里，恶狠狠地说。李若溪给了他一个冰冻的微笑，又美丽又可怜的样子。

苏若明只觉得心里一抽一抽的，赶紧暗暗地对自己说：“苏若明啊苏若明，控制住啊。这可不妙。”

“对了，刚才你电话狂响不停，我就接了，一个女人说自己吃多了药，正胡言乱语呢。会不会是自杀？”苏若明终于想起了乔姿的电话，他感觉电话那头的女人不对劲。

乔姿还真的是自杀了，减肥药、维生素、安眠药各吞了一瓶。幸亏是在剧组的宿舍里，开戏了找不着她，思琪跑到她的房间里，发现人已经昏迷不醒，赶紧送到医院里，抢救过来了。

李若溪和苏若明赶到的时候，萌萌、CC姐、思琪都在那儿守着呢。

“怎么回事？”李若溪问。

萌萌深深地看了李若溪一眼，没回答。思琪嘴快一点儿：“谁知道怎么回事呀，最近她怪怪的，早上有她的戏不见人，我找到她房间时人都昏迷了。”

“还能是为了什么事？为了男人呗，没出息的。”CC姐觉得乔姿真是没用的大小姐脾气，男人不要你就自杀，你自杀了男人就会要你了吗？

“若溪，要不你给文峰老师打个电话吧，姿姿昏迷的时候还一直叫他的名字呢。”思琪说。

这下李若溪算明白了，敢情乔姿是为了文峰才吃药的呀。李若溪真觉得有些可笑，为了那样一个男人自杀，值得闹这么一出吗？李若溪直觉文峰根本不会理会乔姿是死是活，但她还是掏出了手机打电话。跟着李若溪一起来的苏若明因没人介绍，毫无存在感地站在一旁，进入了遭受文峰打击的自卑模式：这么多美女，除了床上那个为了文峰自杀昏迷不醒的，竟然全都没人理会他，看来自己不红是有理由的，就是不够帅。

“喂，文峰老师，你明天能来医院一趟吗？”李若溪的电话很快被文峰接听，那边听说医院的名字后，眉毛一凛：“你在哪家医院？怎么回事？受伤了吗？严重吗？伤到哪里了？”

面对文峰一连串的问题，李若溪闷了一下，才说：“不是我。是姿姿，乔姿，她洗了胃，刚从急救手术室出来，你能不能……”

“在那儿等着我。”文峰说完这句，就把电话挂了。

文峰拿着车钥匙狂奔下楼出门的时候，来不及想到底自己是为了什么这么急着要去见李若溪。自从上次分别后，这个丫头第一次打电话给他要他出现，他一定要去见她。尽管不是为了她自己，可他也得赶紧去，不然就不知道什么时候才能见到她了。

文峰的跑车在医院门外停下的时候，他忽然惊醒过来了，他这么急地赶来做什么？她是叫他来看一个一点儿也不重要的女人，又不是来见她。

犹豫了几分钟后，文峰慢悠悠地拿出电话，拨号：“李若溪，我在医院门口，你给我出来。”

另一头的李若溪瞪着手机愣了好几秒才反应过来：“喂，你……”但那边电话已经挂了。

10

李若溪来到医院门口，就看到文峰正以耍帅的姿势倚在他那辆拉风的跑车门上抽烟，李若溪想说这是医院，不要抽烟好不？忍了忍，没说，人家说不定会回句“我这是在医院门外”，甩都不甩她。

“都到这儿了，干吗不进去呀？”李若溪说。

“我干吗要进去？”文峰把烟摁灭，帅气地把烟头远投入两米开外的垃圾桶，然后打开了车门，“上车。”

“干吗要进去？”李若溪莫名其妙地生气了，“里面躺着一个为了你差点儿死掉的女人，你还问干吗要进去？”

“我对她做什么了？我是侵犯了她，抛弃了她，还是怎么她了？我叫她自杀了？她自杀关我什么事？”

文峰挑了挑好看的眉毛，一副与我无关不要栽赃我的神情，但心里有点儿愤怒的不安：昨天下午，乔姿确实又去向他表白了，他当时闻到了她身上的酒味儿，应该是喝了不少。他没理会她，只是再次强调了不会喜欢她那样的女人，当时说的是什么来着？好像乔姿说了句什么你不接受我我会死的，然后他就顺口回了句：接受了你我也会死的。我不喜欢你这样的女人，你死了我也不喜欢。那个女人不会因为他的这句话就真的去死吧？再说了，真想死，跳楼多干脆，干吗闹什么吃药还被人发现送去抢救啊，一看就是要糖吃要不到就哭的熊孩子。

“你一定对她说了什么过分的话。不然她不会这样的。”李若溪盯着文峰断言。她领教过他温文尔雅下的毒舌，她受得了，姿姿可不一定受得了。

“我真的什么也没说。我只说了一句‘她死了我也不会喜欢她’。”

“这还叫什么也没说吗？你这个浑蛋。不喜欢就不喜欢，干吗叫人家去死？”李若溪差点儿想跳起来狂敲眼前这不思忏悔的人的脑袋，这货的大脑构造一定与众不同，否则都说了这样的话怎么还在撇清自己什么也没说。

“谁知道她能笨成这样啊，我都说了她死了也不会喜欢她了，她还去死，而且没死成。喂，你到底上车不上车呀？”文峰辩解得很理直气壮。

“不上！”李若溪真是跟他没话说了，转身大步走回医院。

“喂，你干吗回去呀？”文峰在后面叫。只可惜李若溪小马尾一甩一甩的，理都没理他。

这一幕刚巧被跟下楼来的苏若明看到，顿时心喜，管他文峰有多少个女人为他自杀呢，只要李若溪不待见他就行了。

文峰眼睁睁地看着李若溪进了医院的玻璃门，还有一个不知道从哪儿窜出来的高个儿男人跟在她后面。

两个人好像还是认识的，无名火忽起，自己坐进车里，狠狠地关上了车门，然后又发现自己居然进了副驾驶座，开门下车，也直接冲进医院去了。

第四章

再见了，最爱的人

有那么一瞬间，文峰觉得自己只差那么一点点就透不过气来了。

1

愤而跟着李若溪上楼的文峰，脸是黑着的，有好几名值班的护士看到他不禁狂喜，却慑于他的气势不敢上前追星。

文峰直接跟着李若溪走进了乔姿的病房，乔姿还没有醒，文峰扫了一眼屋里的一行人，“你们先回去吧，我留在这儿就行了。”说完这句顿了顿，又说，“李若溪，你在楼下等我，我有事要跟你说。”

其他人虽然觉得文峰这样说有点儿奇怪，但他可是这为情自杀事件的男主角，既然他发话了，那大家还是走吧。只有李若溪觉得怪怪的，这人刚才还死活不肯上楼看呢，现在却说他要留下，这不是要谋杀的前奏吧？

“李若溪，没听到吗？到楼下等着去。”文峰又催，李若溪虽犹疑着，也下楼了。文峰开门看他们几个人都进了电梯，回头看了似要醒转的乔姿一眼，然后向值班台那名正娇羞地探头往这边看的小护士，露出迷人的微笑向她招了招手：“护士小姐，请过来一下。”

楼下。

“你绝对想不到他是怎么跟那名护士小姐说的。”被李若溪指使回头监看文峰到底要做什么的苏若明学着文峰，脸上露出极其迷人的微笑，语气温柔地对李若溪说，“‘我把里面那位小姐托付给你了哦，她爱玩自杀什么的，你帮我看好她行吗？她的律师可厉害了，不要惹到她哦。’”

“然后呢？”李若溪一副“我就知道会是这样”的表情。

“然后，然后他就走了呀。”苏若明说完，发现文峰已经站在他的身后，吓得“哇”的一声跳到了李若溪身后。

“你是女汉子吗？动不动就让男人躲到你身后？”文峰超级鄙视苏若明这种行为。

“你这人，真是。”李若溪对文峰的行为已经无语了，绕过他打算回乔姿病房里去，却被文峰一把拉住：“像她那样动不动就自杀的人，属于变态心理，用自残来绑架别人服从于她，这样的人，你越是妥协，她就对自己越狠。

最好的方法就是不要理会她，她才能想明白。”

“是呀，若溪，你别去了。我看那个女人是真不好惹。”苏若明也同意，那女人自杀前还打过电话给若溪呢，真想死的人才不会打电话，就是想折磨别人罢了。

“你就当让她一个人静一静，不行吗？”文峰说。

“那是你们的做法，不是我的。”李若溪甩开文峰的手，快步向门里走去，苏若明摇了摇头，也跟了过去。文峰抬头看了看天，走到他的车旁边，点了支烟，抬头往病房楼上看，觉得李若溪真是个磨叽的怪女人。

2

病房里，乔姿终于醒了。

“你是来向我炫耀的吗？”乔姿醒过来，看到身边只有李若溪一个人时说的第一句话便是质问。

“要喝水吗？刚才医生说你醒过来后可能会口渴。”李若溪一边说话，一边拿起杯子去给乔姿倒了一杯温水，“我不觉得我有什么好向你炫耀的，你的爸爸很爱你，而我爸到现在都根本就当没我这个人存在。你有美貌，有好身材，有用不完的财富，也有很多人喜欢。我要向你炫耀什么？炫耀我比你平、比你穷吗？”李若溪说完把水杯递给乔姿，示意她喝水，“姿姿，我不相信什么幸运，也不相信依靠男人，我只相信想要得到什么，都必须付出双倍甚至更多的努力。”

乔姿喝了水，眼神迷茫，喃喃地说：“但是若溪，你知道不知道，有的东西努力了也是没用的。越多的努力，换来的就是越多的伤心。”

李若溪知道乔姿说的是什么，她沉默了一会儿，叹息一声，说：“也许是你的方向错了。”

“我已经醒了，你走吧。”乔姿不想再谈下去，她心里其实知道李若溪什么过错都没有，可就是忍不住觉得都是因为她的错，也许，她真的应该重新考虑考虑自己要走的路。

李若溪和苏若明下楼的时候，发现文峰居然还站在他的车旁边抽烟，李若溪不由得喃喃地说：“真是个烟鬼。真不知道为什么有那么多人喜欢他。”

“我不抽烟。我以后绝对是超级好的老公，身体倍儿棒，会做饭，体贴，能挣钱，十项全能好男人。”苏若明趁机吹牛。

“是呀，十项全能好男人，你先去把这月的房租付了再说吧。我告诉你，我是绝对绝对不会与你合租的。”前一天，苏若明可怜兮兮地问李若溪，能不能与她合租她的两居室，他交不上房租，被房东赶出来了。

“你怎么对我一点儿同情心也没有啊？”苏若明很伤心。

文峰看到相谈甚欢的两个人走出来，眼里闪过一丝妒意，暂时没去想明白是因为什么而起，只是觉得从此刻开始苏若明让他心生敌意，又看李若溪居然看都没看在这里冻了半晚的他一眼，直接走向了公交车站，无名火更是熊熊燃烧起来：这小妞，给她点儿颜色她还开起染坊了！

文峰的跑车呼啸着从李若溪和苏若明的面前喷着怒火绝尘而去，李若溪抬手扇了扇灰尘：“这人是不是有毛病啊？”

“不知道啊。”苏若明说，他敏锐地觉得自己觉察到了什么，却也不敢肯定：那个傲娇的男人，不会也喜欢李若溪吧？

也？难道……自己喜欢上了李若溪吗？

苏若明猛然转头看向站在自己身边脸色干净淡然的女孩，心忽地漏跳了一拍，难怪他越看这女孩越好看，越相处越觉得她让人舒服呢，原来竟然是自己喜欢上了她吗？

李若溪看着午夜公交车来的方向，浑然不觉自己已经同时进驻了两个男人的内心。

3

“姿姿，你真的要走？”萌萌她们所在的剧组宿舍里，刚出院的乔姿正在

收拾行李。思琪有点儿不理解乔姿的行为，毕竟她们到处跑了这么久，第一次有了留在一个剧组的机会。

“我不想再这样继续跑龙套求人了。”乔姿说。

“走了也好。你跟我们不一样，你回去还是你的‘富二代’千金大小姐，而我们，是没有回头路的。”萌萌说。

“我……总之，祝你们好运吧。”乔姿本来想说，她并不是打算回去做千金大小姐，而是打算回去求父亲投资影视。但是，依靠父亲上位这种事，想起曾对大家夸海口说一定要靠自己奋斗的那些过去，她说不出口。

“那你也好运吧。”思琪说。她以为乔姿真的放弃了，觉得遗憾，也难过。

“那我走了。大家要加油。”乔姿想起还会在剧组里出现的文峰，心里痛楚又难舍。又想起回家说服父亲的艰难，心里都是纠结，也不再道别，拖着行李径直走了。

乔姿很想知道文峰得知自己离开剧组后会有什么反应，但她也隐约知道，她离开剧组与否，对于文峰来说，根本就无关紧要。文峰甚至都不需要知道她离开的消息。就像文峰明明知道她喝多了乱吃了很多药有意寻死躺在医院里，他明明到了楼下，甚至明明到过病房，却不屑与她正面交流半句话。她相信李若溪的话，想要得到一样东西，就必须努力，加倍加倍地努力，可是如果她想得到的是文峰，她加倍加倍再加倍地努力，又有用吗？

“李若溪，这个死尸，咱不去演了成不？”苏若明看着那片浮着冰碴子的臭水塘，再次苦劝李若溪，“你现在已经成了女尸专业户，可以挑着演了，那个又臭又冻的，就别演了成不？”

“苏若明，我妈说了，放弃机会的人会被机会永远抛弃。”李若溪扭扭腰动动腿，那片臭水上的冰碴子她也怕，可是她必须上。现在几乎所有她待过的剧组有演女尸的角色全找她，就如同苏若明所说，她都成了女尸专业户，怎么说这都算种运气是不是？至少有人记住了她能演死尸。所以，不能怕苦怕累，必须上。

与此同时，乔姿躺在床上三天未进食了。她的父亲在楼下对她的母亲发脾气："看你养的好女儿！"

"也不是我一个人惯着她呀，你不也整天她要什么给什么吗？"乔夫人自幼家世好，没吃过苦，乔姿的父亲又是个有些本事的男人，把她从娘家继承的钱财都打理得很好，这些年夫妻也算没有二心，只是这个宝贝女儿，美貌品位教养都不缺，就是娇惯得有些过了。像这回，非让她爸爸投资影视，可乔父一向不沾那块，据说没些本事的，沾那块就是个无底洞，本儿都捞不回。宝贝女儿这已经是第三天滴水粒米未进了，小脸都尖了，她爸肯定也怪心疼的，不然不会朝她发火。乔夫人心里更是疼得七上八下的，恨不得女儿要什么全给她得了。

"去叫她下楼！"乔父大吼，"张姨，摆饭！"

乔夫人一看，这是丈夫妥协了，赶紧上楼去叫女儿："姿姿，快起来吃饭吧，你爸同意了。"

4

接到妈妈打来的电话的时候，李若溪刚从冰水沟里爬起来，身上还滴滴答答，冻得面色乌青，苏若明用大棉袄裹住她往有暖气的屋里拉，李若溪用冻僵的手指划了好几次屏幕才有反应："喂，妈。"

"小溪，你什么时候回来呀？"若溪妈妈那边声音听着都不太好，李若溪赶紧问："妈妈，你怎么了？是不是哪儿不舒服？"

"没有。就是肝这儿老是痛。我没事。你要是有空就回来看看，没空就算了。"李若溪的妈妈平时就是个娇弱的主儿，当初也不知是哪儿来的主心骨，硬是在第二任丈夫去世后独自把她拉扯大了。李若溪的记忆中，那个瘦小的女人几乎每晚都在她睡后哭泣，都说忧虑过多的人伤肝，她一直担心她得抑郁症或者什么病，"妈，你说什么呀，你去医院检查没有？医生怎么说？"

“去什么医院啊，过几天就好了。现在医院多费钱啊。”李若溪听电话那头的妈妈这么说，更坐不住了：“妈，你在家等着我，我现在就坐夜班车回去。”

那边挂了电话的李若溪妈妈满意地一笑，自己的孩子自己最了解，她说她没在外面吃苦，有可能吗？肯定没少吃苦头，就是不肯回来。这都毕业了，就应该趁年轻漂亮，回来找份安稳的工作，找个健康安稳的男人，结婚生孩子过安稳日子，老想着做什么演员，那个地方是正经女孩儿该待的地方吗？

李若溪完全不晓得她妈妈的心思，匆忙换了衣服就往车站赶，害得苏若明一直很担心她，一路上都在给她发信息，李若溪一边担心母亲，一边烦这个磨叽男人烦得不行。

李若溪在晚上十一点到家的时候，发现妈妈正坐在沙发上一边看电视剧一边嗑瓜子，脸色不错，精神很好：“哎呀，你回来啦，我包了饺子，你等着啊，给你下一碗去！”

“妈，你没事吧？”李若溪还是有些担心地问，怎么眼前这妈妈跟电话里像吊一口气似的妈妈判若两人呢？

“我没什么大事儿，你喝点儿水，等会儿啊，饺子马上好。”李妈妈说完进厨房去了，李若溪跟过去，一双眼睛上上下下地打量她妈妈，没看出来有什么事，但既然都回来了，明天说什么也得带她到医院去检查检查。

李若溪是怎么也没想到妈妈会跟她玩阴的，从小在她眼里，她妈就是弱小的，易受人欺负的。李若溪是从来不知道自己的妈妈其实是个两面派。李妈妈的特殊教育方法就是在李若溪面前显得特别弱小特别需要保护。事实上早些年她确实常常半夜哭泣，因为想不通，想不通第一任丈夫为何离婚后连女儿都可以不管不问，想不通第二任丈夫为何早逝，想不通自己的命运为何如此坎坷。但为了李若溪，她想通了：这世界上没有什么是永恒的，就只有她和女儿才真的血肉相连。她在李若溪三岁时离的婚，七岁时第二任丈夫去世，她是怎么一个人把李若溪拉扯大的？需要的可不仅仅是金钱。她在李若溪面前装软弱，不过是为了逼着她比别人坚强，比别人乐观，这个世界多现实，她可不想养出一个软弱可欺的女儿。虽然李若溪是在单亲家庭长大的孩子，但一定会比别的孩子优秀。

5

第二天一大早，母女俩吃完早餐后李若溪就拉着妈妈出门了，到了楼下，李妈妈说有人来接不用拦出租车，李若溪正纳闷呢，一辆白色轿车开到她们面前停下了，驾驶座上的年轻男子打开车门跑近，满面笑容："若溪，阿姨，等久了吧？抱歉，路上堵车来晚了。"

"没事，我们刚下楼。"李妈妈笑得很热情，她怎么看眼前这个小伙子都觉得好，父母是中产阶级，都是厚道人。有一个姐姐嫁去国外了，自己名牌大学毕业，在一家医院做医生，收入不低，有房有车，最要紧的是对她女儿一心一意。怎么个一心一意法？两年前突然上门拜访，说是循着幼儿园的线索一路查找到小时候帮过他的小女孩的家。这份心思足够难得，经过她这几年的观察，这小伙子这些年都没见过她女儿，可对她的事是事事关心处处帮忙。就目前表现来看，是够格做她女婿的。所以她不惜撒个谎把女儿叫回来，要是女儿也看上了，就直接结婚得了。女孩儿，就应该过有人疼爱的平稳日子不是？

"妈，这是谁呀？"李若溪压低嗓子，用几不可闻的声音问母亲，眼前这个男人怎么还直接叫起她的名字来了？她又不认识他！

"李若溪，你不认识我了对吧？我是赵磊子！幼儿园时在你隔壁班经常被欺负的那个转学来的小瘦子！记得不，那时候我穿一件大嘴猴的衣服，你还叫我大嘴瘦猴来着！都忘记啦？"那男子咧开嘴对李若溪笑，那笑容真诚又温暖。李若溪使劲儿想了想，好像幼儿园时隔壁班还真有个转学来的小朋友，但他好像很快又转走了，所以没什么印象了。

"别害怕，我是你们现在要去的那家医院的外科医生，你到了医院可以去调查下。你不记得我没关系，我记得你就成。"这年轻的男子倒是性格爽朗，说话也算坦白，李若溪的戒心慢慢减弱：“那谢谢你了。你们做医生的应该很忙吧？我们从这里打车过去也很方便的。”

“别磨叽了。这会儿难打车。”李妈妈硬拉着李若溪把她塞进赵磊子已经拉开车门的车里，自己也钻了进去，“磊子，开车吧，上车再说。”

“阿姨，若溪的眼睛从幼儿园开始就没有变过吧？还是那么亮。哈。”赵磊子看起来心情非常好，当着李若溪的面和李妈妈谈李若溪。

“对呀，除了身高长了点儿，黑眼圈重了点儿，其他都没变！”李妈妈乐呵呵地接着说。

“若溪在外面工作忙嘛，睡不够。像我们也是黑眼圈国宝族的，一进手术室就是十几个小时，跟机器人似的使。”赵磊子接着又问：“若溪，你昨天回来吃阿姨包的饺子没？我觉得那是我有生以来吃过的最好吃的饺子。哈哈。”

“她昨晚吃了一大碗，还是她最喜欢的白菜猪肉馅。这几年为了保持身材吃得少了，以前能吃两大碗。”

李若溪顿时大窘，妈妈这是在干吗？揭短大会？在别人面前说自己女儿能吃真的是件好事吗？

“女孩也不能太瘦，健康就好。我喜欢特别能吃的女孩子。哈哈。李若溪，你知道不，你以前每天都来抢我午饭吃。”赵磊子又把话题扯到李若溪身上。

“啊？我抢你午饭？什么时候？”李若溪确实不记得了。

6

“就是幼儿园的时候啊。我那会儿又瘦又小还不爱说话，在班上可招人欺负了。午饭老吃不好，我妈就给我做好带在小书包里，结果每天我一到小花园吃你就会准时出现，然后不客气地帮我干掉一半。哈哈。”

李若溪想找个地洞钻进去，她个性是强一点儿没错，但，这也太强了吧？

“不过你可护着我了，有一天你和我们班那几个欺负我的同学打了一架，可厉害了，把他们全镇住了。”

“她是被欺负多了，学会了自己打架。哈。不过，若溪不主动打别人，除非谁惹了她。”李妈妈不似李若溪觉得丢脸，照样聊得笑哈哈。

他们聊到这儿，李若溪还真想起来一件事，她上幼儿园时确实有过一次一个人单挑几个男生的打群架事件，那次叫了家长，那几个小男生的家长都可厉害，说自己孩子被打了，后来一看，是几个小男生一起打她这个小女生，这才作罢。打架是记得，但为什么打架却没什么印象，不会是为了眼前这男人吧？

“那次是因为我，他们把我的饭打翻了，若溪毛了，冲过去就是一拳，气势可足了。就是我那会儿胆子小，别说去帮忙，动都没敢动。”赵磊子居然还自我批评起来。

打架的原因八成是本来是她天天饿得抢他的饭吃，结果那帮坏小子把饭撒了惹毛了她。可开车这傻小子硬是认为她是为他打抱不平，所以心存感激到现在？

李若溪又仔细地看了一次开车的年轻男子，再次确认自己对他确实没有印象。不过，被人当恩人感激的感觉不错，那就将错就错呗。

十分钟后，李若溪忽然明白过来了，这个叫赵磊子的男人对自己有意并且毫不避讳，妈妈知道这一点并且已经默许。在这种默许下，他与母亲经常联系，对她的一切几乎了如指掌。李若溪在他们愉快的交谈中渐渐明白了妈妈的意图：她就是叫她回来和这个赵磊子相亲的！她甚至能肯定，如果她没意见，她妈妈说不定就会打蛇随棍上把她嫁掉然后等着抱外孙。

相亲结婚？她才二十二岁！李若溪差点儿就一跃而起暴动抗议。但看着妈妈脸上少见的愉快笑容，李若溪握了握拳头，忍住了。她很少见到妈妈因为信任一个人而这样笑。妈妈总是忧虑的，更多的时候眼睛里都有对世事无常不信任的惊慌，她几乎没见过她这样开怀地笑过。

到了医院，赵磊子跑前跑后照顾周到，医院里他的那些同事更是把李若溪和李妈妈当成赵磊子的准媳妇准丈母娘对待，李若溪非常不好意思，但想解释

又显得牵强，倒是赵磊子大大方方地说："真不是。你们可别瞎说，人家姑娘脸皮薄，你们要是把人给我吓跑了，我准饶不了你们！"李若溪也就不好说什么了。

赵磊子瞅了个李妈妈进去检查的机会，对李若溪说："你别介意，我的同事们都喜欢开玩笑。"

李若溪看着他似笑非笑："你和我妈妈认识很久了吗？"

7

赵磊子嘿嘿地笑道："两年了。是我自己主动找上门去的。你别生气呀啊，我其实就是想去看看你现在长成什么样了。"

"你喜欢我？"李若溪单刀直入地问。

"啊？"李若溪的直白让赵磊子忽然紧张，"那个，我没有恶意。真的！"

"什么时候开始喜欢我的？"李若溪可没打算放过他，"如果你不是从幼儿园就早熟，我们今天应该是第一次见面。我可不相信光看我妈就能喜欢上我这样的话。"

"幼儿园开始很早熟吗？"赵磊子一本正经地反问李若溪。这下轮到李若溪呆了："不会吧，你？"

"我比别人是早熟那么一点点。但也可以认为是我这个人很长情啊。你看，我的初恋从幼儿园开始，到现在都还没有变呢。"赵磊子非常认真地说。但李若溪怎么听都觉得搞笑，可看他的神情，又不似在开玩笑。

"你为什么会喜欢我？就算幼儿园时我是为了你打架的，就因为这一点就喜欢一个人，不是太简单了吗？"李若溪问。是真的太简单了。她虽然还很年轻，可她不相信这样的童话。

"为什么会喜欢吗？"赵磊子重复了一下李若溪的问题，然后微笑看着她，"我要是知道为什么就好了。喜欢这件事，是不由自主的，甚至都找不着原因和理由。”

话题真的聊得有些深了，李若溪便没再说话。正好李妈妈也出来了，赵磊子又提议一起去吃饭。李若溪没同意，赵磊子倒是不坚持，直接把她们送到了楼下。

刚进家门，李妈妈正想开口说话，李若溪就说了：“我不同意。妈。我不会同意的。我不会现在嫁人。你知道我要做什么，现在不是嫁人的时候。”

“哎呀，我又没让你现在嫁。”李妈妈说，她感觉得到李若溪对赵磊子并不排斥，那就是说李若溪也挺认同赵磊子这个人，结婚这事当然急不得，但只要不是艰难的开始，一切就好商量。

“妈！”李若溪只能无奈地叫了一声妈，然后看着妈妈不说话，眼神委屈。

“别用这招对付我啊。我也没让你非和他有啥，就先认识认识，磊子这孩儿是真的对你有意。你要是也有想法，你们就多交流交流。你要是没想法，先做朋友也没关系。”李妈妈说得轻轻松松，完全没有压力。李若溪只觉得，妈妈说不定真是深藏不露的高手，她怎么发现妈妈不再是记忆中那个羸弱爱哭没主见的人了呢?

李若溪有些心生愧疚，她陪妈妈的时间太少，也了解她太少了。

8

赵磊子第二天一早又来了，说带他们去取检查结果。取完检查结果又说为了庆祝李妈妈身体没事要好好吃一顿庆贺一下，话说得得体大方讨人喜欢。李妈妈是被哄得很高兴，李若溪不想扫妈妈的兴，就顺着他们了。吃了饭又去郊外生态公园散步，赵磊子全程端茶倒水，把李妈妈侍奉得那个心花怒放。李若溪见他也没再提起什么喜欢她之类的事，也就无所谓了，反正妈妈没事就好。后来发现，赵磊子这人不但人实诚，心态也挺好，毕竟都是年轻人，聊这聊那就不显尴尬了。

晚上，赵磊子厚着脸皮求着告着要去李若溪家吃李妈妈包的饺子，吃了饺子后，李妈妈又让李若溪下楼买点儿水果，赵磊子屁颠屁颠地跟着也下了楼，出了楼道就说："若溪，你妈这是要促成我们的节奏啊，哈哈。"

"拜你所赐呀，赵先生。"李若溪也没客气，经过这两天的观察与相处，她渐渐信任了这个陌生的幼儿园同学。

"要不是当时我被逼转了学，咱俩是活生生的青梅竹马两小无猜呀，手脚快点儿说不定都抱娃了。"赵磊子说着还一脸遗憾，"我对我妈最不满意的就是这一点了，一听说我在学校里受欺负就给我转学，她都不知道转学生更容易受欺负，我记得我光是幼儿园就转了四次。都快被人欺负死了。"

"我也后悔呀，我当时怎么就那么冲动呢，去打那一架，把你给招惹了。"李若溪想着都觉得好笑。她肯定是因为她要抢吃的那碗饭被人撒了才毛起来的，这小子却偏偏当成见义勇为了。还说什么影响至深、一生难忘、最好能娶回家，一生对她好报恩之类。李若溪算看出来了，赵磊子这人为啥不惹她讨厌，因为他缺心眼儿啊。在圈子里见多了现实版本的宫心计厚黑术，忽然遇着一个缺心眼儿的，还真挺稀罕的："我可告诉你啊，我对你可没那个嫁的心思，本姑娘见你是个实诚人，就老实告诉你这结果。让你别在我这棵树上吊死，这世间善良漂亮的小姑娘可不多见，你要是遇上了，可别因为死心眼给放跑了。"

"哎，李若溪同学，你知不知道，我一个常被欺负的转学生瘦猴子，是用怎样坚韧不拔的精神才跳级考上医科大当了医生然后回头寻故的，就冲这你也不能不给个考验咱的机会就一脚踢开不是？"赵磊子看着李若溪的脸，年轻姑娘的脸不施粉黛，在路灯下闪闪动人。他是真的为她着迷，很久以前她奋起为了他和几个男生打架时他这么想，后来找着她家见到她照片时是这么想，现在见着她了更是这么想。

他想，他爱上了这个女孩。很爱很爱。真的。

9

在李若溪窝在沙发里看电视，而赵磊子和李妈妈在厨房里包饺子的时候，傲娇小王子文峰同学正在来李若溪老家杨城的高速路上。剧组聚会时，他又瞅准机会和萌萌聊起了李若溪。萌萌多聪明的一个人啊，当即就给李若溪打了电话问李若溪在哪儿，结果李若溪说回老家了。文峰的脸顿时拉得老长。于是识时务的萌萌就有意无意地在聊天中说起了李若溪的老家在哪儿，就连哪条路哪个小区哪栋楼甚至门牌号都透露给了文峰。文峰脸上毫不动心，装作不经意地"嗯"几声当回应，可转身就不见了人影。再半个小时后，文峰就开车拐上了去杨城的高速路。

文峰的心情是真的有些迫切，虽然也不知道为什么迫切地想见着李若溪，但脑子里总回荡着乔姿和萌萌她们所说的李若溪的妈妈不希望女儿在外面受苦，回去找份安稳的工作嫁个本分的男子过安稳的日子这类话。越想就越觉得李若溪是真有可能回去相亲结婚了。这个念头一出来，心里像有一千只虫子在咬他的心，只恨不得马上见着李若溪，把她拉到自己身边来，困着她，哪儿也不让她去了。

这念头一出，文峰把自己都惊着了。这是什么想法？把一个女人困住，困在自己身边？随着天色渐暗，文峰的心里却渐渐明朗起来，就像顿悟那般，他忽然明白了自己对于李若溪的矛盾来自什么，那就是他以为自己永远不会感受到、永远不会遇上的爱情。就像父亲对母亲的怀念，就像演的那些剧里的情感，不是当前社会常见的快餐速食，也不是一夜情缘，更不是肉体交易，是一种陌生的听说过理解过却没有亲身感受过的情感。

原来，是那种叫爱情的东西终于掉到了他的头上。

文峰到达李若溪她们家小区门口的时候，赵磊子左手一兜苹果右手一兜橙子正和李若溪往回走，李若溪正说着自己不小心成了"女尸专业户"后演尸体的各种笑点雷点苦点。李若溪说着笑着没怎么当回事，听的人赵磊子心里却不由自主地跟着她的话一抽一抽的：这丫头到底还有心眼没有啊，在外面吃了那么多苦还能当成笑话说出来。

赵磊子眼里恨不得把李若溪揽入怀中好好保护的动情之举到了文峰眼睛里，那简直就是尖刺利刃烈火毒药各种虐心齐上阵。

有那么一瞬间，文峰觉得自己只差那么一点点就透不过气来了。

他心想，这二十八年来不曾经历过的难受在遇到李若溪后全都一一感受了，却连表白都没轮上，半点儿爱情的甜头没吃到，苦头倒是尝了不少。文峰大少爷性子一上来，火速停车熄火，车门都打开了，可人硬是没从车上下来。他的眼睛死死盯着就在路对面有说有笑地走进小区大门的李若溪，还有那个该死的竟然还趁着来了辆车的机会伸手搂住李若溪的肩膀往他身边拉得更近一点儿的男人，焚心似火，却身似磐石。

文峰第一次觉得自己可笑透顶。他僵硬地关上车门，默默地看着李若溪和赵磊子进了小区大门，然后发动了车，离开。他的脑子混乱地闪过一些想法，但没有一个想法能够帮助他理解此刻的做法，按照他的性格，不是应该过去抢人的吗？那个野男人要是敢阻止，他甚至会和他动真格地来一架，这才是文峰，这才是男人，不是吗？但事实上，他灰溜溜地走了。

10

李若溪在心里决定把赵磊子当成朋友，渐渐相处融洽不再尴尬。她完全不知道，有一个骄傲得不可一世却在这一天亲手把自己的骄傲折断然后失落失望纠结的男人，正在喝他人生中的第一场闷酒。

“真的是你。我以为老周逗我玩儿呢。”文峰喝第五杯的时候，包厢的门打开了，一个高大健壮的男人走了进来，在他对面坐下，也给自己倒了一杯，“别告诉我你玩失恋啊，你妞都不泡，失恋是我的事，你可不玩这个。”

来的是文峰的异母哥哥文杰。

“哥，你真谈过恋爱吗？”文峰与这个成天泡夜店吃喝玩乐的哥哥虽不亲近，但也不算疏远。大概是因为不是同一个母亲，两个人的关系一直谈不上兄弟同心其乐融融。父亲对于哥哥的纨绔多有指责，多年来一直只培养他。文峰觉得文杰这个大哥肯定是有意见的，但是文杰一直没有表现出强烈妒忌甚至抢夺的意思，照样吃喝玩乐样样精通。有时候捅了娄子不敢招惹父亲，还会悄悄地叫他帮忙摆平。所以，文峰对这个哥哥也不算排斥。

“什么？你真是失恋？什么时候谈的恋爱？和谁？你对得起你哥吗？谈恋爱了也不跟你哥说一声，我怎么也得给你们开个派对庆祝一番。咦，不对呀，看你现在这样子，是被人家姑娘给甩了？”文杰越说越兴奋，干脆坐在文峰身边来搭他的肩膀，“是谁？哪个不识相的小妮子竟敢甩我弟弟？说出来，哥我看看她有几两重。”

“别说这个了，既然过来了，今晚就陪我喝吧。”文峰虽有些不习惯哥哥的亲热，但这会儿主动来陪他，也觉得不错。

“这就对了。姑娘嘛，永远有更新鲜漂亮的在等着你。我叫老周把新来的那几个叫过来，都是刚出来的大学生，很正点。”文杰说着就想按铃叫人，文峰赶紧抓住他的手：“别，今晚就咱兄弟俩喝一场。”

“成。长这么大没见过你这样，哥就陪你喝一场。来，想喝什么随便开，今晚哥埋单，喝醉了哥负责背你回去。”文杰爽快答应着，还真的陪文峰喝起了闷酒。

李若溪家，九点半，赵磊子坚持帮李妈妈洗了碗，然后识相地告辞。意外的是，李若溪竟然提出要送他下楼。

“其实你不用这样。我是说真话。我现在肯定没有要结婚的想法。我不希望你在我身上浪费太多的时间和精力，也谢谢你在我不在家的时候对我妈妈的照顾。真没想到小时候的小破事能够让我认识你这样好的一个人。”李若溪打算跟赵磊子说明白。

“若溪，你这是在给我发好人卡吗？”赵磊子看着李若溪的脸笑问。

“你人很好。真的。”李若溪有些无奈，“我是真的不想你把精力都浪费在我身上。”

“李若溪，我告诉你，在你没有嫁给别人之前，我身边的位置会一直空着，只等你。”赵磊子正色道，“但你不必有压力，我不会逼迫你，我只是告诉你，这是我的决定。很多年前就做好的决定。好了，你别多想了，外面冷，快回去吧。我走了。”

李若溪看着这个说完话就走的男人，真是有点儿欲哭无泪，她这是什么运气？遇上绝种好男人？遭遇童话故事？

第五章

奔向梦想的列车

列车在黑暗中飞速奔向那座繁华的梦想都市。她的梦想就在那座都市的某个角落里藏着，她每天都在努力地寻找和奔跑，想要抵达梦想的彼岸。

1

李若溪是凌晨三点走的，走之前，她在妈妈的房门口站了一会儿，门还是没关严实。这是从什么时候开始养成的习惯？好像是从继父去世之后，妈妈睡觉就不再关门了。因为她有时候会醒过来哭着去找妈妈，甚至有的时候，睡梦中就自己走到妈妈床上睡了，第二天才发现自己睡着睡着换了地方。

她和妈妈都是属于没有安全感的女人，所以睡觉的时候是蜷缩起来的，习惯性地把棉被卷成一个蛹把自己包裹起来才睡得着。她上了戏剧学院后，每天都把自己逼得很累，这才有了沾床就睡着的习惯。但妈妈不是，妈妈习惯性地失眠晚睡，睡得很浅，像每天凌晨三点钟，才会真正熟睡一会儿。李若溪是了解妈妈的，所以她在凌晨三点悄悄地起来，悄悄出了门，然后登上了奔向她的梦想的列车。

列车在黑暗中飞速奔向那座繁华的梦想都市。她的梦想就在那座都市的某个角落里藏着，她每天都在努力地寻找和奔跑，想要抵达梦想的彼岸。但是，她跑了四年，从十八岁到二十二岁。她脆嫩的青春如沙子，在她的手里粒粒飞逝，最后落入尘埃消失不见。她还是离她的梦想那么近又那么远。这种距离是如此折磨人，如镜中月水中花，看似触手可及，事实上却遥遥无期。

李若溪想着乔姿、萌萌、思琪、CC姐，谁的青春不是在流逝呢？谁不是在拼了命一样向梦想奔跑呢？而谁又不是在路上一边笑一边哭一边迷茫呢？

是的，就是迷茫。

心里是有一个目标没有错，可是，路呢？没有路。就像在无人区的丛林中，手无寸铁徒手肉搏披荆斩棘鲜血淋漓，却不肯说放弃。

累的，也痛的。可是，如果放弃了，更累，更痛。

迷糊中，李若溪的脑海中闪过了文峰的脸，那张俊脸坏笑着，似对她说：别做梦了，灰姑娘。

然后李若溪做了梦，梦到文峰站在婚礼红毯那头等着她，自己很着急，可是，鞋只有一只，身上也没有穿婚纱，她就那样急得团团转地找鞋子找婚纱，

找啊找啊，就急醒了。

醒的时候，李若溪忍不住伸手敲了一记自己的脑袋，做的都是什么破梦啊，真是有毛病。

李若溪的家里，赵磊子提着杨城味儿最地道的特色早餐来敲门。李妈妈兴冲冲地去叫若溪，发现屋里早已经没人。赵磊子脸上倒是一点儿失望也没有，反而安慰李若溪的妈妈："阿姨，昨晚我就看出来了，她这两天肯定是要回去的。我刚给她发了信息，还没回复呢，这会儿她估计刚下车，说不定还没回到住的地方。你一会儿再给若溪打个电话，知道她平安到达就成了。你别着急，先来吃早餐，凉了就不好吃了。"

"磊子，真是太麻烦你了。"李妈妈越看赵磊子就越喜欢，可是闺女不喜欢啊，这让她对赵磊子有点儿心生歉意，"你快去上班吧，你看若溪也不在，我这老太太净耽搁你时间了。"

"阿姨，我这不是正休年假嘛。再说了，我可是眼巴巴地盼着你能做我丈母娘呢，这可是真心地盼了很多年的。就算不成，那也没事。阿姨，你人这么好，我就当多了个妈不成吗？咱俩吃早餐吧，吃完我载着你再去找我妈，咱仨去看电影怎么样？"赵磊子都想好了，攻下李若溪之前，先帮她把娘家婆家的关系搞好。就这么定了。

李妈妈看着赵磊子，又满意，又惋惜。

2

思琪的公寓里，思琪正接电话。

"我可告诉你呀，这个戏，你不要，我可给别人了啊。圈子里身材好的人多着呢，你矫情矫情，机会可就没有了。到时可别哭啊。"电话那头的人很不屑于思琪的犹豫。要不是上次KTV那事，怕她什么时候翻起旧账来不好交代，这边又刚巧有个裸替的戏急着找人，他还想趁机多物色几个新人玩玩呢。在这圈子里混的美女是不少，他还真没见过几个贞节烈女。新人一开头，谁不是给点儿戏就能睡。思琪那事儿他们是有点儿过分了，但那不是喝多了嘛，他这不是真给她找机会了吗，这女人到底还犹豫个什么呀？

“好。我接。”思琪咬咬牙，应了。这是一个大制作电影女主角的裸替，现在电影还没拍完呢，宣传就已经很热闹了，几乎可以预见上映时的盛况。替身戏不好红，但裸替就一定话题多。自己混了那么久，说到底为了什么？不就是一个可能上位的机会吗？

某剧组。李若溪的电话响了。

“若溪。”李若溪刚从雪地里爬起来，冻得牙齿打架，接起思琪电话时还是能听出她的郁郁寡欢，“思琪，怎么有空给我打电话？你不是接了戏吗？”

“嘁，装什么贞节烈女呀，剥光了还不都一样。”一个男人经过思琪身边小声说。思琪刻意忽略那些鄙视的目光与笑声，转移话题：“是呀。我这不是想你了吗？啥时候有空，咱约约吃点儿好的呗！”说话的男人在剧组里打杂，刚才趁机摸了思琪一把，思琪回了他一记耳光，反而遭受其嘲弄。虽说有思琪的几场戏，可思琪在这剧组里没少受气，心里觉得委屈，就给李若溪打电话。打通电话后又觉得比起李若溪的挨打受冻，自己还算是好受不少，那些冷眼嘲弄，权当没听到就是。

“择日不如撞日呀，我今天九点后就没事了。你呢？要不咱老地方见？”一晃分开一两个月，李若溪还真有点儿想她们了，“萌萌和姿姿不知道有空不，一起聚聚吧。”

“不知道她们有没有空，你走之后，CC姐也走了，然后乔姿也走了，我也转了剧组。现在还留在原来剧组的就只有萌萌了。”思琪觉得自己也不想念其他人，就是怪想李若溪的。

“那咱俩先见吧。我带一个朋友过去，上次在医院里你们应该也见过的。”李若溪看着在剧组里几乎跟自己寸步不离的苏若明，决定帮助他扩大这帅宅男的交际圈。

“今晚有节目吗？”苏若明跃跃欲试，“有美女不？”

“有，超辣，但你不认真就不许乱来。”李若溪笑答。

“我怎么会乱来？像我这样的正人君子。我要是红了，肯定是万千宅女的男神。”苏若明开始臭屁。

“在哪儿？”李若溪左顾右盼。

“什么在哪儿？”

“正人君子，我没见过这样的东西。在哪儿？给介绍介绍啊。”

“李若溪，我发现你很损啊。不过我不会被你打击到的。”

3

文峰很不理解自己的行为。他竟然把脱了线的背带裤小黄人修补好，然后把他挂在了自己的车钥匙上，而且做一些自己都觉得超傻愣、超没有营养的行为：时不时就拿出来看看，有时候还情不自禁地自言自语几句。比如现在，他就用手指给小黄人来了个超强版的脑瓜崩，看着小黄人弹来弹去地摇晃，然后说：“小浑蛋，看着我干啥？你的女主人不要你了，你看着我干啥？”

萌萌每天最专注的时候就是文峰来剧组的时候，她不刻意地接近他，但绝不会放过他的一举一动。那个万众瞩目的男人这几天常常拿着车钥匙发愣，她可是看得清清楚楚，更可疑的是，那个时尚大牌遍布全身细节的男人，居然在车钥匙上吊一个有点儿发旧的小玩偶，并且那个小玩偶原本属于谁，她可是了解得很清楚。当时她还有份儿嘲笑李若溪幼稚的心来着。

妒忌吗？当然。

萌萌想起小学的时候，班里有个被称为公主的女孩，她漂亮，成绩好，家境好，人缘也好。班上很多女孩都羡慕她、妒忌她，后来发展成了排挤她。萌萌起初也是站在大多数人那边，但她发现，漂亮的女孩都会受排挤，包括她自己。于是萌萌改变了策略，她刻意和公主做朋友，后来公主就真的和她做了朋友，老师因此开始看到萌萌并且加以关注，公主的父母更是感激她这个公主的“唯一的好朋友”，就连买文具、买漂亮衣服都会多捎萌萌的一份。

对抗力量不够的时候，最好站到最有利于自己的那一方队里去。这是萌萌从小就知道的道理。

“想什么呢，小宝贝儿？”一只肥胖的手重重地捏了萌萌的屁股一把，刘导演那张肥油脸贴了过来，“今晚到我房里去呀，宝贝，有好玩的。”

萌萌很想给刘胖子一记结实的耳光让他去死，可是，她不得不扯出一个笑容：“人家今天拍戏好累了。”

“那更要来呀，我给你按摩。”刘胖子色眯眯地说。

萌萌点头，但心里却觉得有些反胃作呕，这刘胖子不过是个副导演，有时候根本说不上话，自己这样的日子什么时候是个头？

“哎呀，怎么搞的，哪个浑蛋扯着线了？”导演忽然生气大叫，萌萌一看，有架摄影机不知道怎么回事倒了，大家乱成一片，原来发呆的文峰的注意力也被吸引了过去。萌萌赶紧冲过去，什么也不说，手脚麻利地帮忙收拾乱成一团的东西。这样的事儿，以前她是不干的，但是李若溪一定会干。所以，萌萌看到摄影架向自己倒过来，只是把脸闪到安全的角度，躲都没躲，在大家的惊呼声中她被人扶起来，苍白着脸，说自己没事。

“没事儿吧？”文峰果然过来问了。

“没事，只是碰了一下肩膀。”萌萌假装不太在意的样子，她觉得自己的演技不错，她知道李若溪平时是什么样子，现在的自己就要变成什么样子。

“走吧，我送你去医院看看。”文峰说完便叫了助理，“小张，去把车开过来。叫上琳达。”

4

李若溪在各剧组片场拼命的时候，萌萌也在拼命。现在除了应付那些来占便宜的男人时她稍微做做自己，其他时间，她都把自己当成了李若溪。拍戏时认真，拼命，用心。不拍戏时热心，不怕苦，也不喊累，剧组里什么事都帮忙做。虽然大家对她的态度仍然就那样，但她能感觉到文峰对她的关注度增加了。她知道那不是因为自己的魅力，而是因为自己正在刻意地模仿李若溪。包括学她的发型穿衣，学她的说话语气，甚至学她的做人态度。于是，小张和琳达常常会给她送件衣服，送份汤或者热饭什么的。萌萌知道那是文峰的意思，也知道文峰真正想给的人不叫萌萌而叫李若溪，但她坦然接受了。因为，剧组里有一些势利的人已经看出了文峰对萌萌有意无意的照顾，于是，那些人对她也开始有意无意地照顾起来，甚至刘胖子私下都不无酸意地跟她说："你要真搭上了文峰，以后路可就好走了，也就没我什么事喽。"

剧组难得聚餐，文峰也难得地出现了。

"我记得和文老师第一次见面的时候，我们几个来试镜，文老师你客串男主角来着，一晃这都快半年过去了。春天都快过去啦。"萌萌寻着机会，装作有意无意地提起了李若溪，"哦，对了，昨天我遇到思琪了，她说前几天和若溪见过面，那个拼命丫头现在更瘦了，现在有了个有意思的外号，叫'女尸专业户'。各个剧组有别人不愿意演的女尸的戏基本上都找她。什么时候咱们剧组有要演女尸的说不定也找她呢。那个傻丫头，能吃苦。哦，对了，过几天她好像也来我们这个影视城，我约了她过来玩儿。好久不见她了，怪想的。

"若溪的妈妈是个很好的妈妈。她在杨城每天都担心的事情就是若溪在外面吃尽苦头被人欺负，有段时间天天打电话叫若溪回去找份安稳工作然后结婚。我妈也是这样。大概当妈妈的都觉得女儿嫁人才是好事。

"若溪不会回去结婚生子的。她的梦想是做演员。她不会放弃的。就算是把她关起来，她还是会为了这个梦想逃出来的。"

文峰装作若无其事地听着萌萌说起李若溪，眼前不断地闪过李若溪和那个年轻男子有说有笑地走进楼道里的画面。他开始确信萌萌的话，李若溪那样的女孩子，不可能会跟那样一个男人在一起，她是一粒明珠，她还没有散发光华呢，她不会甘心与那样的男人就此平淡度日。

"她现在西环那边的明江小区租房子住，那边离这里挺远的。不过那边公交地铁线路多，出门算方便。"萌萌觉得自己要是再自言自语地说下去，马上就要没话可说了，幸好，文峰总算说了句话："我还有事。我先走了。"

萌萌松了一口气，看着文峰的背影想，她刚才说了李若溪的地址，他应该是要去找李若溪了吧？

5

萌萌估计得没错。文峰还真的去找李若溪了。

李若溪从公交车上下来的时候，觉得头很痛，虽然已到春天，但天还是冷。这几天她好像真的太拼命了，有可能冻感冒了。李若溪想着自己的事儿往回走，根本就没发现站在路灯下的文峰。

文峰原本觉得自己站得还挺帅气逼人的，怎么在李若溪面前就那么没有存在感呢？他只好出声叫住她："喂，李若溪！"

因为没有想到文峰会来找自己，李若溪看到文峰时有一点点愣："哦。"

"哦？什么意思？看到我很不高兴？"文峰走近，看着路灯下这个顶多只算是五官清秀的女孩。要说她哪里好看，除了皮肤好一点儿外，真的和时下他所接触的各式美女差了不止一点两点，身材嘛，又瘦又小。虽然他也不是太待见波霸之类的，但她也太瘦了吧？貌似最近又瘦了一点儿："李若溪，你都不吃饭的吗？"

文峰的语气不太好，以为她会反驳几句我不吃饭关你什么事之类的话，没想到李若溪老实回答："嗯，太忙，最近有点儿三餐不继。"

文峰盯了她的脸两秒，伸手拉她向他的车走去："走吧，带你吃点儿东西去。"

李若溪跟了过去，但没上车："不用开车，前面一百米就有吃的。"

五分钟后，文峰坐在一张露天的不知道干不干净的小凳子上，前后左右地打量这个连招牌都没有的消夜摊子，莫非这就是传说中的平民麻辣烫吗？

"我要一碗饺子。你吃什么？"李若溪问。

"我不吃。谢谢。"文峰干脆地拒绝。

“老板娘，一碗饺子。汤加点儿辣椒。”李若溪对一位正忙碌的大婶报了菜单，然后转头给自己倒了一杯水，问正用两根手指查看面前的一次性杯子是否干净的文峰，“你来找我有什么事吗？”

“没什么事我就不能来找你？”文峰挑了挑好看的眉。

李若溪看着他精致好看的脸，看着他无法掩饰从内心散发出来的骄傲，从心里替自己暗暗地叹息了一声：“我不认为如果没有事的话，你和我会有什么交集。”

“说这话的时候怎么不想想你半夜一个人去我家里干什么去了。”文峰这话一出口，马上就后悔了，“对不起。我……”

但李若溪没有如文峰所想那般暴怒，反而平静得让他忽然惶惶不安：“那天，我是去勾引你的。”

6

“李若溪！”文峰叫她的名字，却不知道如何阻止这个自己挑起来的话题。

“确切一点儿说，那天晚上，我企图和你上床，然后得到一些好处。”李若溪继续平静地说。

“没，你没有。”文峰没见过这样冷静得有点儿可怕的李若溪，他觉得自己要控制不住局面了，怎么回事？

“不要太奇怪。在这圈子里，像我这样的女孩，非常多。这是潜规则，不是吗？”李若溪脸上露出一个在文峰看来很伤感的微笑，“文峰老师入行这样久，应该也明白的。”

“我承认有这样的事情。但是，这圈子里还是要有实力才能生存，那样的人还是很快会被淘汰的。”文峰觉得自己逊毙了。是什么原因让他在李若溪面前大失水准？他本来应该这样回答她：“没错，这个圈子里权势就是大爷。”可是他在她面前讲不出那样的话，他喜欢逗她，喜欢作弄她，可是就因为喜欢她，他在她面前讲不出所有的狠话。

“文峰老师，别这样。我们都要接受现实。”李若溪盯着文峰的眼睛，平静地说。

“接受什么现实？”文峰放弃挣扎了。他忽然发现，李若溪的气场比他强大，他不得不跟着她走。

“这里的饺子五块钱一碗。你吃吗？”老板娘把饺子端了上来，李若溪看了一眼饺子，然后问文峰。

“我不吃！”文峰都快吼出来了。

“为什么？”李若溪问。

“因为我不饿！”但好笑的是，文峰说完这句话后，他连晚餐都没吃的肚子抗议地发出了一串响亮的“咕咕”声。

“因为这里太脏了。环境很差，食物很差，所以你宁愿饿着，也不愿意吃。”李若溪一边说一边开始吃饺子，她是真的饿了。她吃得并不斯文，但她也没有伪装，文峰看着她大口吃饭的样子有点儿心酸也有点儿失望。

“你可以和我一起去吃。你想吃饺子，我知道有一家也做得很不错。”文峰平静下来说道。

“这就是我们的区别。我能将就这里，因为我习惯了。我甚至能将就更差的环境。但是你不能，因为你习惯了尊贵，习惯了与生俱来的好环境。我不习惯我就会饿死，但你宁愿饿死，也不会去习惯。”李若溪说完，继续吃饺子。今天的午饭她只吃了几口，晚餐也没吃上，她是真的饿了，一碗热饺子下肚，她觉得舒服多了，“所以，文峰老师，不管你为了什么来找我，你都尽量不要再来找我了。月亮与地球的距离有它必须保持的理由，强行接近是会造成灾难的。”

“李若溪，你什么意思？”文峰都要跳起来了。这死丫头什么意思？他这才刚想明白自己的心思，他还没说出来呢，就被她踢出局了？

7

“文峰老师没有听明白吗？我的意思是，你就算真的有什么事要找我，叫你的助理打个电话给我就成，不用亲自来找我。我和你属于不同世界的人，各有各的路，不要有所交集对大家都好。”

“李若溪，你知道你的问题在哪里吗？”文峰笑了，但他觉得自己根本不想笑，“你的问题就在于太固执了，太自以为是了。你觉得我来找你是因为喜欢你？你脑子没毛病吧？怎么这么能想呢？灰姑娘的故事看多了吧？”

“是呀。我就是灰姑娘的故事看多了，爱乱想。所以文峰老师不要放在心上。对不起，我吃完了。要说的也说完了。我先走了。”李若溪说完就站起身，想快速逃离现场。

“刚才还气场强大地教训我呢，这会儿跑什么呀。不差这一时半会儿的。”文峰眼明手快伸手把李若溪拉住，“坐下，我还没说完。”

李若溪被他过大的力气拉得坐回了凳子上，她知道他有点儿失控了，他太用力了，把她的手腕握得都痛了，但她还是平静了下来：“好。你说。”

“谈过恋爱吗，小丫头？”文峰看她不复刚才刚强冷静的样子，心里暗笑：到底还是个小丫头，装什么大气场女王啊，真是的。

“嗯？”李若溪没想到他会问这个，愣了一下。这恋爱还真没正儿八经地谈过。追求她的男生好像有，但她的脑子不是太好用，上学的时候光顾着功课了，没怎么顾得上恋爱这件事，到了大学吧，又开始打拼梦想了。大概因为个性的原因，她惹来的男人不是像赵磊子那样，就是像苏若明那样更类似于兄弟多过情侣，像文峰这样的有点儿招架不住的男人，还真是第一次遇见。

“没谈过？”文峰有点儿不相信，但心里暗爽，“你没谈过恋爱还敢来教训我？”

“我没教训你呀。”李若溪辩解，“我只是说我和你不属于同一个世界的人。”

“我不能适应环境，你什么环境都能适应。这话是刚才你说的吧？这还不算教训我？”文峰鼻子都快喷火了，刚才一时不觉被这小丫头劈头盖脸训一顿，这会儿可由不得她了，“就算我不能适应环境吧，那也是我的事。你起个什么劲啊。”文峰说着，拿起桌上的杯子，想喝水，又嫌弃地看了一眼，放回了桌子上：“这种地方不卫生，我是嫌弃没错。你不嫌弃，你适应了这样的环境也没错。可你不是适应环境的能力强大吗？你既然能适应这样的环境，就能适应我能适应的那些更干净卫生的环境，对吧？”

“嗯？”李若溪觉得自己要被这家伙绕进什么阴谋里去了。

“你能吃五块钱一碗的饺子，也能吃五百块钱一碗的饺子。不是吗？我不用适应环境，只要你适应我的环境就可以了。”文峰觉得自己圆满了，小样儿，就这点儿斤两，还想和他拼气场，嘁。

8

李若溪无力地看着对面开始志得意满露出好看微笑的男人：“文峰老师……”原来她刚才说的话全白说了，人家压根儿一个字也没理解。

“嗯？”文峰眨巴着他的漂亮桃花眼看着李若溪，“说吧，我听着呢。”

“文峰老师，今天你为什么要来找我？”李若溪没法儿了，这货油盐不进装无辜，她觉得不把老虎骨头画个明明白白都对不起他，“为什么？你应该很忙的。我相信你也不会恰巧路过这里遇见我。”

文峰盯着这个郁闷的小丫头看了整整一分钟，才清了清喉咙回答她的问题：“我来找你，是因为我想见你了。并且我想知道十二日那天晚上在杨城和你一起回你家的那个男人是谁。”

“你为什么想见我？十二日晚上和我在一起的男人是谁和你又有什么关系呢？”李若溪很紧张，但她不能怯场。

“因为我喜欢你。因为我非常介意我喜欢的女人和别的男人在一起，所以我必须问清楚。”文峰坦白交代，有小小的郁闷，表白不是应该要浪漫一点儿有气氛一点儿的吗？怎么被这丫头弄得跟审讯现场似的，“干脆我说明白了

吧！丫头，爷喜欢你，爷要跟你在一起，从今天开始，你就跟着爷吧，爷吃香的喝辣的全算你一份，明白？”

李若溪盯着面前这个一本正经的甚至对自己的表白有点儿得意洋洋的男人，努力按捺住心脏的狂跳，深呼吸再深呼吸，觉得自己几乎拿出了全身的力气才说出了话：“你有过前女友吗？我能知道你们分手的原因吗？”

“当然有过前女友。你也说了，是前女友。所以你不用担心。至于分手的原因，我忘记了，好像是她说要分手，就分了。”文峰说着还真的认真想了想，好像还真的是对方甩的他，不过他分手前后都没什么感觉就是了。

“我想我了解你的前女友为什么要和你分手。因为谁也不会想和一个完全不顾对方感受的男人在一起。”李若溪叹息一声继续说，“文峰老师，你喜欢我，我受宠若惊。但是，我想告诉你的是，你吃香的喝辣的做什么都不必预备我的份额，因为我不需要。”

“嗯？你要玩灰姑娘的尊严之类的游戏吗？”文峰挑挑眉毛，好笑地继续说，“你不用跟我玩这个。我喜欢的女人，我会宠爱的。你不用去介意什么身份地位，这些我都可以给你。”

“你有没有收过不喜欢的礼物？”李若溪觉得跟文峰就快沟通无能了，“如果一个人送你礼物不是你喜欢的或你需要的，其实是一种很讨厌的行为，类似强迫。”

“这算是拒绝？”文峰瞪着李若溪，心想她要是敢回答是，他就……他就怎么样？文峰的大脑瞬间进入空白状态，如果她真的拒绝，他要怎样？

9

“是。我不喜欢你。我们不是合适的人。”李若溪觉得自己也许太直接了。但或者，越直接，对大家越好。

“李若溪！你！”文峰几近咬牙切齿地说了一个“你”字，便再说不下去。他这是二十八年来第一次向女人表白，没想到居然被拒绝了。被拒绝的感觉原来是这样的，不是伤心不是愤怒，而是不知道说什么好的无法应对。文峰这时候真想钻进李若溪的脑子里看看，这死丫头到底在想什么，喜欢他到底有什么难的？不拒绝他跟着他到底有什么难的？

“我走了。”李若溪这次真的起身走了。文峰伸出了手，却没去拦。他的思维有点儿空白，他觉得自己今天的表白太仓促了，所以一点儿效果也没有。既不浪漫也不温馨，所以结局也不好。但因为一时半会儿也不知道如何改变气氛和处境，于是文峰就这样半伸着手，看着李若溪走远，消失。

文峰自己又坐了一会儿，又瞪着李若溪剩下的一个饺子呆了半晌，拿起筷子把那个冷掉的饺子放进嘴巴里，味道实在难以接受，文峰忍了忍，吞了下去。饺子真冷，到了他的胃里，还冻得他有点儿难受。

李若溪回到家，打开门进屋，还去给自己倒了一杯水，没喝，坐在沙发上，愣了会儿，伸出手拍了自己的脑袋一下：“过去了。醒醒吧。”

文峰又到会所喝酒去了。

又遇着他哥文杰了。文杰说：“今天来了几个正点的，给你介绍介绍？”文峰说：“好。”几个艳丽的女人进了包房后，文峰一杯一杯地喝着酒，心里在一点儿一点儿地嫌弃这些女人。胸太大，屁股太大，不够瘦，没有气质，头发染得难看，香水味难以忍受。

半个小时后，文峰砸了个酒杯，把人全轰出去了，连文杰也没让留下。人都走后，文峰看着桌上的酒，觉得自己超没意思，不就是个女人吗，有什么过不去的？不就是李若溪吗？那么瘦身材也不怎么样的女人，有什么了不起，还对他说不合适。去他的不合适，他文峰还不合适她一个什么也没有的小丫头？这是什么破想法！

文峰越想越生气，天快亮的时候，居然又跑到了李若溪住的房子楼下。车熄火没多久，便看到李若溪一手抱着一大袋衣服一手拿着手机边打电话边往外跑，转眼就钻进了一辆小破车里。

那辆小破车吭哧吭哧地点着火，一溜烟儿地走了。文峰看着那辆小破车的车屁股消失在路尽头，再打量了一眼自己的车，觉得开车那个男人真的不怎么样。那个男人好似上次在医院里见过，长相个子都挺像回事，要是进入了娱乐圈，好好包装也是个优质偶像，但看他开的车，应该只是个小屌丝。不管怎么样，这小丫头还挺能勾搭男人的，几乎每次见她，身边都跟着不同的男人。

文峰心里想着事，身体却不由自主地发动了车子，自动自发地开着车跟上了那辆小破车消失的方向。

10

今天早上李若溪接了个临时的活儿，要演一个被车撞死的女人。这是一个有几场戏的小角色，在剧中是男主人公死去的前女友，角色的定位按苏若明的说法就是：爱到疯狂的不作死就不会死结果就真的死了的女人。因为属于小制作的微电影，制作费不高，给李若溪的钱自然也不多，但李若溪还是拼命了。完全进入角色跟着女主角又是割脉又是跳楼又是撞车的，虽然保护措施做了不少，但身上也没少受伤。导演对李若溪的表现挺满意的，又加了一场从楼梯上滚下来的戏，李若溪咬了咬牙，滚了，结果胳膊和膝盖都擦伤了。导演又叫人来问，剧本里加了一场前女友受伤的戏，问她要不要演。眼看李若溪又答应了，苏若明大叫：“李若溪，你不要命了啊？别演了，这血还没止住呢。”李若溪的膝盖乌青一片，表皮破了还在渗血珠，苏若明看得心里一抽一抽地替她痛，可李若溪没吭气：“行，我看下剧本。”

“喂！李若溪！”苏若明大叫，可他也知道，李若溪根本就不会听他的。

这边文峰开始给助理打电话：“琳达，给我查下现在明东影视城拍电影的制作人，我要电话。”

苏若明看着李若溪手臂膝盖上的伤口也不处理消毒就直接上镜头，生气又心痛，但又没有办法，只能眼睁睁地看着那个入了戏爱得惨烈的女孩一拐一拐地跟在男主角后面求男主角回心转意，努力压抑自己想冲过去救女人揍男人的想法。

苏若明觉得自己越来越多地把注意力都放在了李若溪身上，甚至到了不由自主的地步，这还是简单对一个女孩有好感吗？还是吗？

导演一声“卡”，苏若明马上冲过去把李若溪扶起来，让她坐到一边，仔细地给她的伤口上药：“你真是拼命女郎，我告诉你，李若溪，奥斯卡要是不给你个影后什么的我都不愿意。”

“哈哈，那你努力吧。等我真有电影去参评的时候，你做个评委成不？”李若溪笑言。苏若明让她没有压力，不像文峰，光是想起他的光彩照人，她都觉得压力山大。

“好吧。那我就朝着这个目标努力吧。”苏若明小心地帮李若溪抹着药，心忽然像水一样，又软，又痛。

这一幕自然也远远地落在了文峰眼里。文峰很明白地看到了苏若明眼里的柔情似水，文峰当然有冲上去一把拉开他取而代之的冲动。但他没有那样做。他有些鄙视自己，是在顾忌也许就在某个角落里等着自己的八卦记者，还是其他的连自己都说不清道不明的怯弱？

第六章 爱我的人和我爱的人

她羡慕、妒忌，却又无力改变。如果，只有苏若明喜欢李若溪，而文峰能与自己在一起，该多好。

1

明江小区，李若溪的小公寓里。

“李若溪，别吃零食了。马上就可以吃饭了。”苏若明一边在窄小的厨房里忙碌着，一边对着客厅里的人喊话。

“我不想吃火锅。”李若溪窝在沙发上吧唧吧唧地吃薯片，大声回答。

“李若溪，有人做给你吃就应该感恩！”苏若明大叫。

“那我也不想吃火锅。”李若溪算是看出来了，苏若明天天以大厨自居，天天嚷嚷着要来她这儿做饭给她吃，其实每次来都是买个火锅底料，然后把各种菜各种肉放锅里烫熟了事，一两次她还好，次次都吃火锅她是真的受不了。特别是现在眼看要到夏天了，还吃火锅，她宁愿吃薯片。

“李若溪，我好歹会做火锅！你什么也不会！”苏若明对于自己只会做火锅也挺不好意思的，他决定明天去报个烹饪班。

“我连火锅都不会做我也没饿死不是？”李若溪自小就有个做菜一流的妈妈，所以她没怎么进过厨房，只会吃。因为不会做，所以好吃的不好吃的都能将就。想到这个，李若溪又想起了昨晚那碗饺子。记不起那碗饺子的味道了，只记得文峰当时受伤的愤愤不平却又无可奈何的眼神。

电视上正在放一部文峰主演的电视剧，这个男人，真是笑也好看，不笑也好看，生气时好看，忧郁时好看，连发呆时都好看。因为好看，令他那么光芒四射，令人不敢接近。

李若溪在屋里对着电视上的人发呆的时候。她的门外，电视上那个男人正转身悄然下楼。这小区的房子老，隔音效果也不是太好，文峰站在门外，听屋里的两个人在讨论吃火锅还是吃零食，他觉得妒忌，羡慕。他想敲门进去，但抬起手，却怎么也敲不下去。

文峰不喜欢这个犹豫不决娘里娘气的自己，但是，他也对屋里那个能和另一个男人毫无芥蒂没有防备的李若溪感觉到陌生。似乎她在自己面前，总是戴着一副盔甲，连眼睛都似蒙了似是而非的一层纱。他好像感觉得到她的心，却

又无论如何也看不清楚，更不能确定。

莫非，这就是李若溪所说的距离吗？她在别的男人面前可以坦诚自己的真实自我，而在他面前，却始终防备？

开车离开的文峰，觉得自己今天是真无聊、真窝囊，他竟然什么也不做，没发脾气地跟着李若溪跟了一天，像足了一个大傻帽。

“老板，事情办好了。”琳达来了电话，文峰闷闷地应了一声，更加对于自己的行为感到郁闷：他竟然把今天李若溪去参演的那部小制作微电影的制作权给弄了过来。然后呢？他要做什么？用权力把李若溪弄成女主角？也不是不能那样做，但他真的要那样做吗？他是一名商人，那样做对他有什么好处？那个该死的女人昨晚拒绝了自己，现在还和别的男人独处一室打情骂俏，他为什么要那样帮她？

2

“对了，老板，还有一件事。文爷让你今天晚上回家吃饭。杰少也被叫回去了。”交代完事情后，琳达眼前出现了文爷板着的脸，那可真是位霸气十足的大爷，不知道那横眉冷眼的样子是怎么生出老板这样精致俊秀的帅气儿子的。听说文峰的母亲是一位江南美女，老板因为爱她，一直对发妻冷淡，对发妻所生的儿子也不太好。看不出文爷那样的人居然还是个情痴。不过都只是公司传闻，据说见过的人寥寥无几。

“知道了。”文峰闷声回答，老爷子除非公司亏钱，否则绝不召他回家，最近集团还算盈利，老头这是闹哪样？

文峰车开到半路，文杰的电话打了进来：“兄弟，你到哪儿了？快点儿，老头快把我逼死了，我现在可是借着去洗手间的机会给你打电话。我可是澄清来了呀，你的事我可是一个字都没讲出去，我连枕头风都扛住了没说，我也不知道老头是怎么知道的。我说人家那女孩都没理会你，老头不信，脸拉得跟俩马脸接一块儿似的，可吓人。”

“知道了。”文峰应了一声，对兄长的急于澄清不以为然。就算他自己不说，他也不会怀疑他，老头子是谁呀，名义上说要把集团管理权给他，暗地里还不是事事指手画脚，他都跑到会所里喝了好几次闷酒了，还喝到被文杰拖回家去，老头子能不知道？老头子是谁呀，精着呢，眼线多得他都不屑去查是谁，反正到处都是。

“我查过了，不过是个小群众演员，她的朋友，都跟卖肉的没什么区别。”文爷抽着雪茄，看着坐在自己对面已经长大成人的小儿子，那是他最怀念的女人为自己生下的儿子。

文爷很明白地告诉他自己的想法：“男人只有事业成功了，权力大到掌控一切，才有资格讲爱情。否则就控制住自己别去爱，因为你没本事，爱了就是害。”这是文爷的经验之谈，文峰他娘就是被他的爱害死的。他爱她，却没法娶她，结果她生下文峰，就香消玉殒了。虽说他把文峰抚养大了，虽说他不顾一切扶植文峰并且彻底把妻子的娘家势力打压得毫无招架之力。可最爱的女人死了就是死了，一想到她已永远消失，他就觉得干什么都索然无味！

“知道了。”文峰只应了这三个字。

他三岁前母亲就去世了，对她没什么印象，更多的印象是墓碑上那张楚楚动人地笑着的照片，二十八年来他对妈妈真的没什么概念，文爷现在的妻子，文杰的母亲虽是他户口本上的母亲，但从来不住在一起，对他的存在是不闻不问当不存在的态度。文爷虽然与他同住，但忙碌得几天都见不上一面，见得最多的是管家和保姆。十几岁的叛逆期他就独自去了国外读书，成长过程其实跟个孤儿差不多，比孤儿好一点儿的，大概就是不缺钱了。

“还有，那些个电视电影的就别演了。以前你年轻，当个游戏玩玩可以。但现在公司正是紧要的时候，你把精力全放回公司。我已经告诉琳达和小张了，除了手上的几个没完成的，其他的合约通告都全停了。明天开始你要每天到公司上班。男人得做正事，演戏什么的玩玩就算了。”

3

“爸。他一向两边都做得很好。你干吗这样？”一直闷声听训话的文杰帮文峰出头了。

“没你的事。别逼我骂你。这么多年你除了玩女人花钱其他的有长进不？明天开始你也给我进公司做事去。不工作还成天大把花钱，我活该赚钱给你花吗？”文爷眼一瞪差点儿吼起来，文杰一下子缩回沙发上：“我最近不是没惹事了吗？”

“没惹事你去搞大一名三流明星的肚子！”文爷终于大吼。文杰吓了一跳，喃喃自语：“那事我妈不是帮我摆平了吗……”

“滚出我的房子。明天九点公司开会！我要是见不到你就停掉你所有的信用卡。”文爷赶人了。他是真的从心底不待见妻子和他所生的这个大儿子。他承认自己偏心，但是现今妻子的娘家彻底没落了，他也没提离婚。他们母子的一切花销照旧提供就已经算他仁慈了。

“爸，我也是你儿子。今晚我也住这里不行吗？又不是没有房间。”文杰非常委屈的样子抗议。

“滚。”文爷只给了他一个字。

“滚就滚。”文杰很有志气地起身走了。临走前拍拍文峰的肩膀，“兄弟，你是用怎样的忍耐才能在这儿住下去呀？”

“别贫了，趁爸生气前快回去吧。”文峰好心提醒。爸爸今天主要是找他来着，文杰要是再嘴贱就真的连自己都搭上了。

文杰摸摸嘴巴，做拉上拉锁状，真的走了。

“再跟你强调一次，别逼我去找那姑娘的事儿。要找她可以，一是等我死了，二是等你站稳了。”文爷继续说，“公司投资房产这块做得不顺，万一有什么问题就是生死存亡的大事。这事文杰没本事做，得你来。我二十八岁的时候也还没结婚，因为没本事，所以没娶你妈。你要是没本事搞好这事，婚姻就不能自己做主，这是金钱世界的规则。”

“知道了。”文峰还是回答这三个字。

“去吃饭吧。”文爷说完就出门了。文峰独自坐在餐桌前吃四菜一汤，觉得没味，没味死了。不知道李若溪那个死丫头吃的火锅味道怎么样。

李若溪的公寓里。

“李若溪，说不好吃你还吃那么多。”苏若明一边唠叨，一边往李若溪碗里放烫得刚好的鱼肉片，“喂，你把电视关了会怎样啊。”说着苏若明又瞄了一眼电视上演贵公子的文峰：“李若溪，你喜欢他对不对？”

“谁？”李若溪一边吃，一边看电视，一边问。

“文峰。”苏若明肯定地说，“肯定的。你喜欢他。我每次来都看到你在看他的新闻，不然就是他演的电视或者电影。”

“你有病吧？那是因为他太红好不？电视上不管哪个台全是他。”李若溪不以为然。

“装吧，你就装吧。再红也不可能一开电视机全是他好不？”苏若明不无妒忌地继续唠叨，“其实你承认又怎么了？哪个怀春少女没个偶像男神什么的，我原谅你了。”

4

“苏若明，要不你还是去居委会工作算了，你八卦，想象力丰富，参与能力强，不做妇女之友都埋没你了。”李若溪果断不承认。经过和赵磊子那几天的相处后，李若溪慢慢对生活中身边对自己真有意假有情的男人有了分辨的能力，如果她没猜错的话，苏若明天天缠着她跟她斗嘴肯定不是因为想和她做好兄弟好哥们儿那么简单。合得来是一回事，苏若明不断地猜测她喜欢哪个男人是另一回事。

两个人正边吃边打趣，忽然有人敲门，李若溪拿着筷子去开门的时候吓了一跳：有的人真是不能想起，一想起，人就到了。门外赵磊子提着两大兜东西咧开嘴笑：“我来开会。顺便当快递员。全是阿姨给你做的好吃的。”

“谁呀？”从厨房出来的苏若明看到赵磊子，愣住了，同时危机感顿生：看来，看中李若溪的男人真不少。

“赵磊子，我幼儿园校友。”李若溪给他俩介绍，“苏若明，算我同事。”

赵磊子跟苏若明打了招呼，提着两兜东西就往厨房走：“我帮你把东西放好就走。还有同事在等我。因为都是吃的，我怕东西坏了就先来找你，我赶着去报到呢。”赵磊子边说着话边熟练地把东西往冰箱里放，“阿姨说你不会做饭，做了好多你喜欢吃的。我放在冰箱下层，你想吃的时候热一下就可以吃。”

“你放那儿吧，我一会儿自己整理就行了。”李若溪说着，觉得屋里气氛有点儿诡异，一个男人正在往她的冰箱里装东西，另一个男人拿着一小篮洗好的青菜站在她身后眼神暧昧又妒忌。幸好，赵磊子真的如他自己所说，放好东西就告辞了。只是出门的时候李若溪说“谢谢你帮我带东西”，他回头说了一句：“真想谢我等我开完会咱俩一起吃个饭成不？”李若溪“呀”了一声说好，然后关门回头就看到了苏若明委屈的小眼神：“李若溪，你招惹的男人是真不少啊。”

“这说明我有魅力，你妒忌呀。”李若溪给他一个白眼，走回去继续吃饭，“锅开了，快把青菜拿过来！”

“李若溪，咱俩就这样一辈子吧，现在一起吃苦，将来红了一起享受，好不？你别去招惹别的男人了。”苏若明一边把青菜放下锅，一边半真半假地说。

“成啊。咱哥俩儿加油吧，一起挤上位红他个半边天。哈哈。”李若溪大方应下，心想她不会这么有人气吧？昨天才拒绝一个，今天又来一个。

“到时咱俩会不会有各种绯闻？”幸好苏若明没有继续纠缠，李若溪松了一口气，和苏若明做普通朋友感觉舒服，但真要进一步，她是完全接受不了。

“肯定少不了。哈哈。”李若溪边打哈哈边把电视转到了新闻台，屏幕上居然又是文峰的脸，尽管新闻的主题是文爷进军房地产业的经济新闻。

5

新闻里提到文峰的地方，每一个字都是赞扬。讲他美国读书时就是投资好手，又讲做制作人出品的影视都抢手，又讲有望再次角逐影帝，再讲是娱乐集团天文化的继承人。

其实新闻里讲的那些都不值得苏若明在意，他在意的是李若溪不由自主地关注与文峰有关的新闻的眼神。即使那有可能只是年轻女孩对偶像的仰慕，也足以令苏若明产生莫名的妒忌。

爱情的另一个名字叫妒忌，不是吗？

不知道如果有一天，当电视屏幕上的那个人变成了他苏若明，李若溪也会对着电视露出那样的眼神吗？

值得一试。

“明天有个杂志约我去拍平面，咱俩一块儿呗。”苏若明说。

“我明天刚巧没事。看在你经常免费做我助理的份儿上，明天我也去侍候你吧。”李若溪爽快答应。

苏若明看着李若溪的笑脸，有点儿呆。他想他要好好珍惜现在和她在一起的时光，因为经验告诉他，平和快乐的时光总是过得飞快，然后那些令你快乐和爱慕的人，都会渐渐越走越远。

忙碌的剧组里，萌萌安静地坐在一个角落里，眼睛四顾张望。

文峰已经一周没有出现在剧组里了。她打听过了，都说只是忙，并不是退出剧组了。但这些天，已经有文峰要全面退出影视剧的传言了。如果真是那样，那以后见到他的机会就少之又少了。萌萌很急，真的很急。

听说今天排了文峰的戏。为此她今天是做足了功夫，甚至找到了一件李若溪忘了带走的外套穿上了，她能确定，现在的自己，像谁都白搭，只有越像李若溪才越有利。

听说今天李若溪也在剧组里，她是见到了。还是跑龙套，女尸角色都是她的。上学时，教授们都最欣赏李若溪，但就目前而言，自己还混上了个小配角，李若溪还是那样脸都不露。想到这儿，萌萌觉得小小地出了口暗气。但是再一想到文峰，萌萌的胸口又闷了起来，李若溪再不济事，文峰眼里也只有她。但愿文峰不知道今天的临时群众演员里有李若溪。

文峰极其低调地来到化妆室的时候，萌萌第一个注意到了。她赶紧也找理由去了化妆室："呀，文老师，你来了。刚才导演还问起你呢。"萌萌进去后，打了招呼就开始整理头发和妆容，然后找衣服和配饰，装作很忙的样子。

"堵车，所以迟了一点儿。"文峰看到了萌萌身上穿的那件衣服，李若溪好似也穿过，这让他有些愣神。

他已经有快两周没见过李若溪了。据说她仍然到处穿梭在各个剧组，最近他每到一个剧组都有刻意留意，但一次也没有见过她。

是她刻意地回避，还是他和她真的没有缘分？

6

很多次，文峰想让助理去查李若溪的行踪，最后关头都放弃了。他顾忌文爷，也顾忌自己。其实李若溪说得没错，如果她真的不愿意过由他供养的生活，他们是否能够融入对方的世界还真是一个问题。自己真的能为了她什么都不介意不管吗？现在看来，他不能。

"上周五我遇见李若溪了。她瘦了好多。看来这几个月真没少吃苦。这圈子是真不好进，连李若溪那样的都想打退堂鼓了。李妈妈病了，李若溪跟我说想回去呢。以前说到回家相亲过安稳日子她就很反抗，现在居然说那样其实也不错呢。唉，乔姿也走了，思琪和我一样没机会，现在连李若溪都想走了，难道我们四年戏剧学院白上了？"

"女孩过安稳平凡的生活，未尝不是好事。这个圈子并不适合所有的人。"文峰淡淡地说了一句，便不再理会萌萌假装无意的自言自语。萌萌觉察到了文峰明显的失落，她识趣地做完事退出了化妆间。出了化妆间后，她才发现，她根本不必进这个化妆间忙活，因为像文峰这样的身份，是有自己单独化妆间的。但他并没有揭穿自己，为何？是因为他也想通过她知道李若溪的消息吗？

萌萌直接去找李若溪。李若溪刚下戏，脸上还有污迹，但一双眼睛十分明亮，那种亮是纯粹而清澈的。萌萌明白李若溪比自己强在哪里。但这个世界，并不代表好的东西就能绽放光华。丑女整容后会变成美女，石头打磨染色后会变成翡翠，假货包装塑造后会变成真货，这些歪理，在这个世界通用，不是吗？所以尽管萌萌身上还穿着李若溪的旧外套，但她仍气势十足地站在李若溪面前：“李若溪，文峰老师来了。”

“他来不来关若溪什么事？”跟在李若溪旁边的苏若明很不喜欢萌萌，这个看似娇弱的女人浑身散发着一种阴狠的气息，像躲在暗处的蝎子，随时会攻击要人性命。

“萌萌，最近还好吗？”李若溪却并不在意，笑着跟萌萌打了个招呼，随即叫苏若明收拾东西，“萌萌，我们下次再约出来聚聚吧，今天我还要赶下一场。”李若溪是真的要赶下一场，虽然仍然只是没有台词的群众演员，但是她不想迟到，也会努力去做。但她的话听在萌萌耳里，却像冒充大牌明星炫耀自己有多忙：“听说你现在混出名堂了？专门演女死尸？恭喜。”

萌萌的话似恭维，语气却带刺，苏若明想出言反击，却被李若溪拦住：“谢谢。我们该走了。”李若溪拉着苏若明快速离开。萌萌觉得文峰会见到李若溪的警戒已戒除，于是折返文峰的拍摄现场，文峰刚开始上戏，但他今天的状态明显不太对，不断要重拍。

萌萌知道，这是因为李若溪对文峰的影响力实在太大了。萌萌悄悄叫来副导演刘胖子的一名助理，让他去跟文峰说了一句话。然后，文峰的状态竟然很快回来了，拍摄进行顺利，皆大欢喜。

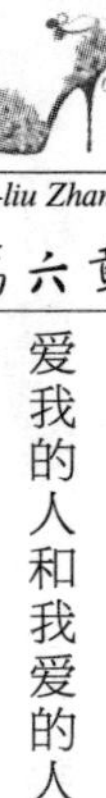

7

咖啡馆。

文峰进门后，看到萌萌向他招手，明显地愣了一下，但很快镇定过来，并且没有转身离开，而是走近坐了下来。

看着文峰坐在自己对面，萌萌松了一口气，然后认真地道歉：“抱歉，文老师，是我让肖助理给你带的话，中午你的入戏状态不太好，所以我编了个谎言。非常抱歉。”萌萌道了歉，就低下了头，她在赌，赌文峰会爱屋及乌，李若溪就是那屋，她就是那乌。文峰会看在她是李若溪好友的份儿上，不与她计较。

“没事。”文峰竟然真是爱屋及乌了。萌萌差点儿兴奋得跳起来，但是，她仍然表现得很愧疚的样子：“对不起，文峰老师。为了表达我的歉意，我请你吃饭吧。成吗？”萌萌说完，还不忘真诚地用恳求的眼神看着文峰。

“反正我也还没吃饭。”文峰算是答应了。

萌萌不喜欢文峰的高傲，但是她也明白，文峰这样的男人，有的是高傲的条件。但文峰还没有开始吃饭，便来了一位不速之客——许久不见的乔姿，脸蛋还是那样美得毫无瑕疵，身材还是那样玲珑妖娆。

“萌萌，我有事想跟文峰说，你能先回去吗？账单我来付。”乔姿看到萌萌，并不惊讶。萌萌心里都快怒火烧成灰，但为了装得进退得体，仍然微笑着说：“没事。那我先走了。账单不用你付，今天说好了我请客向文峰老师道歉的。”她特意加重了“文峰老师”这四个字。因为在乔姿直接说出文峰的名字时，她明显地觉察到了文峰不屑的目光。

“我投资了一部戏，想请你演男主角。导演和剧本都是圈子里跟你合作过的，你不会失望的。”萌萌走后，乔姿直截了当地说，说完她示意身边的助理拿合同。

“抱歉，我不接影视了。你另请高明吧。”文峰拒绝得也直截了当，拒绝之后，起身拉开椅子径直走了。直到文峰走出了咖啡厅将门关上，乔姿才反应过来，她下意识地握紧拳头，一根精致的指甲猛然断裂也毫无觉察。她身旁的小助理吓得不敢出声，乔姿深呼吸了好一会儿，掏出电话拨了号，但电话那头始终无人接听。乔姿咬着牙齿挤出一句：“李若溪，你在哪儿？”愤然起身离开，撞翻了咖啡杯却毫不理会地头也不回。小助理在后面一边赔钱一边赔礼。出了门，乔姿的跑车早已不见了踪影。

小助理只得给真正的大老板打电话：“总裁，是。小姐自己走了。文先生没有答应加入。是的。好，知道了。”

小助理无语问苍天，她可是高级秘书，现在被分派来侍候小姐。如果不是看在薪水的份儿上，谁侍候得了乔姿这样的大小姐呀！

8

“李若溪！开门！快给我开门！”晚上十点多，乔姿却已然喝得烂醉，正拼命在拍李若溪租的小公寓的门。但屋里显然没人，乔姿太吵了，已有邻居开门抗议。苏若明本来只送李若溪到楼下，但李若溪在楼下超市买了日用品，苏若明就又充当搬运工了。还有一层楼呢，李若溪就听到了乔姿的喊叫声，赶紧加快脚步跑上去，一边向邻居道歉，一边把乔姿扶进了屋里。苏若明看到乔姿，表情有一些不自然。

“李若溪，到底是为什么呀？你看，你住这样的破公寓，你跑龙套一年赚的钱都买不起我最便宜的那只包！你又瘦又扁平，你凭什么能把文峰迷成那样啊？嗯？李若溪，你凭什么呀！”乔姿愤愤不平，一把将扶她到沙发上的李若溪狠狠推开，李若溪一个踉跄，差点儿摔倒，幸好苏若明跟在后面把她扶住了：“她这人是不是有毛病啊？脑回路构造和普通人不太一样吧？”苏若明对乔姿也没有好印象，他现在甚至开始怀疑李若溪的交友品位。一个萌萌是那样，一个乔姿是这样，李若溪的脑袋是怎么想的，跟这样的人做朋友。

“你才有毛病呢！”乔姿虽然醉了，但不代表她的脾气也醉了，听到苏若

明的指责，马上奋起反击，“我认识你吗？你凭什么说我有毛病？我看你才有毛病呢！”乔姿站了起来，狠狠瞪着苏若明，但看清楚苏若明的脸后，愣了一下：“哎？你不是……原来是苏公子。”乔姿看着苏若明对李若溪的身体姿势和眼神满满的全是维护，忽然笑了：“李若溪，好吧。我承认了，我输了，我承认天下的男人眼里只有你。文峰是这样，哈哈，这位苏公子也是这样。可是李若溪，凭什么呀？老天凭什么对我这么不公平啊？我看上的男人喜欢你，我爸看上的男人也喜欢你。这都叫什么破事！”乔姿越说越激动，忽然捂住嘴巴欲呕吐，李若溪赶紧过去半拉半扶和苏若明把她弄进了卫生间。

狂吐过的乔姿，因为酒精催生的睡意渐渐地安静了下来。她半眯着眼，看着苏若明一边数落李若溪交友不慎，一边帮她收拾被自己弄乱的小公寓，心里觉得妒忌、羡慕，又无助。

父亲答应了投资影视剧，条件是她必须接受安排与父亲相中的男子联姻。而作为暴发户发家的父亲一直非常渴望社会身份和地位，希望她能嫁入名门望族。父亲看中的名门公子就是眼前这位装屌丝心甘情愿为李若溪拖地洗马桶的苏若明。

乔姿不是太明白苏若明高富帅装穷屌丝的原因，但是，她却非常明白地看穿了苏若明对李若溪的情意。

这不公平，不是吗？她看中了文峰，但文峰喜欢李若溪；父亲看中了苏若明，但苏若明也喜欢李若溪。

她羡慕、妒忌，却又无力改变。如果，只有苏若明喜欢李若溪，而文峰能与自己在一起，该多好。

乔姿怀着这样的美梦，霸占了李若溪的床。苏若明很替李若溪不平，但李若溪只是笑笑把他赶出了门。

李若溪躺在沙发上，迷迷糊糊累极了，脑子却清醒地想着事儿，一夜很折腾。

9

“昨晚去哪儿了？”乔姿在门外等父亲的车出门后才进的家门，却没想到父亲却在客厅里等着她。自出生起，父亲对她溺爱有加，只有一点十分坚持，就是不能在外过夜。大学四年中，几乎每晚都会电话查房看她是否在宿舍，如果在外面也必须确认她与谁在一起。当然，其中最得父亲信任的朋友是李若溪。

“我昨天晚上住李若溪家了。真的，爸爸，我没说谎，要不你打电话问李若溪。”乔姿规规矩矩地站好，父亲对她的溺爱是有原则的，不像她妈妈完全没有原则，所以她还是比较怕父亲。

“我说过，想在娱乐圈混，就得守我定下的规矩。不遵守约定，就给我乖乖回家。”乔姿的父亲丢下这句，出门去了。小丫头，明明早回来了却非要等他的车走了才进家门，女孩子一夜不归传出去多难听。

“妈，爸没走你怎么也不给我发个信息！”父亲一走，乔姿开始责怪母亲，乔妈妈赶忙过来哄：“你爸把我手机收走了，就怕我联系你呢。他这不是才说了两句嘛。吃早餐了吗？你昨晚喝酒了？”

“喝了点儿。爸爸吓到我了！”乔姿还是抱怨。

“我知道，是你爸脾气坏。姿姿，你爸也是为了你好，女孩在外面过夜，名声会不好的。”乔妈妈温言相劝。

“我要那些好名声能做什么呀！”乔姿心想，文峰根本就不会为了好名声而喜欢一个女人，“妈，我们就不能不跟苏家联姻吗？我们选别的家族行吗？妈，你知道吧，文爷，文氏影视文化集团也是大家族啊，我们家和他们家联姻不行吗？”

“不可能。那文爷的出身……总之不可能。你爸不会同意的。”乔妈妈了解丈夫根本不可能看中与自己同样出身底层的文家，丈夫非常看重出身，他严格管教女儿为的就是指望她能嫁到出身上层的家族，好让自己彻底摆脱暴发户的出身，“乖，你还是乖乖听爸爸的话，你爸爸不会害你的。他看中的人人品不会差，你好好和人家相处，好不好？”

“那得人家也喜欢我才行啊！”乔姿烦了，对妈妈大吼，“这世上的男人都是没长眼睛的！他们不喜欢我我能怎么办哪！”

“怎么会有不喜欢我们姿姿的男人！别哭，你哭得妈妈心都碎了。”乔妈妈赶紧抱住女儿安慰。乔姿一边哭一边想，既然文峰非要李若溪不可，那就让他被李若溪牵着走吧。

那边，正在花园里喝咖啡晒太阳发呆的文峰忽然眼皮乱跳，感觉不妙。果然，他才出门，等在门外的助理兼司机小张就过来说：“琳达刚才打电话说，有位乔小姐在你办公室等你。”

文峰看了一眼小张，小张紧张地把头缩了缩。“不关我的事，我今天一大早就来这里等你一起上班了。”末了小张又冒死帮琳达解释，“也不关琳达的事。”

“你喜欢琳达？”文峰上了车，等小张发动车子踩了油门才面无表情地问。果不其然，车因为狠踩刹车尖厉地叫了一声，然后是小张无力的哀求：“老板。”

“开车。”文峰继续做面瘫状。

10

文峰办公室里。

“我没有开玩笑，这是合同。你签了，剧本和合同马上就会快递到李若溪手上。”乔姿坐在沙发上，看着对面一副无所谓姿态的文峰，努力地拼凑着自己的气势。没错，她是来威胁他的。她就是来威胁加利诱他的。

她开出的条件很简单，只要他答应和她演对手戏，接下这个男主角，她就把女二号的角色给李若溪。她把合同都摆在了他的面前，白纸黑字的诱惑：“李若溪现在号称什么女尸专业户，你知道吧？每天不是在泥潭里泡着就是在血污里埋着，现在夏天还好受点儿，听说她冬天的时候都整天在冰碴子里埋着，都不用演的，根本就已经冻成死尸了。李若溪那点儿小骨气我是知道的，你的帮忙她肯定不要，不但不要，说不定还逃跑呢。但我就不同了，我与她是朋友之义同窗之谊，她会很乐意接受。你也没有损失什么呀，我这部戏肯定会红的，你会更有人气。而且同一剧组，每天都能见面，不好吗？”

乔姿努力克制内心的妒忌，嘴上却讲得很理智。她的眼睛盯着对面那个散发着冷漠气息猜不透想法的帅气男人，无法确定自己是否说服了他：“考虑吧。我的条件等于没有条件，不是吗？”

门外，被文峰一大早来上班就森冷逼人的气势所感染，坐立不安的小张和琳达两个人正悄悄地用口型几乎不出声地交流：“老板不会答应的。他最恨被人威胁。”

“你知道是什么事吗？”小张问。

“跟那位李小姐有关，刚才我偷看了合同。”

“被老板知道你就死定了！”小张大惊。

“你不会让我死的。”琳达皮笑肉不笑。

“可是老板知道了会让我死的。”小张无力惊恐。还记得上次他惹了老板，结果那个变态三天三夜都盯着他不让他休息，硬逼着他把公司十年来的报表整理了一遍。唉，往事不能想，一想起都是血泪。

“嘘，要出来了。”琳达示意小张闭嘴。

门开了，乔姿像一只骄傲的孔雀一样走了出来，一边走出来一边说：“两个小时后，我会让人把保密协议送过来，希望到时候你能把签好的合同一起交给我的助理带回去。”

乔姿走后，小张和琳达同时伸出脑袋去看办公室里仍然坐在沙发上没动的老板，太不可思议了，他们的老板竟然妥协了！

“把今天的行程拿进来！”文峰向门外扫了一眼，刀锋一样寒光闪闪，小张顿时感觉自己的脊背发冷，快步跟在琳达的身后跑开做事去了。他一定要谨记，最近一段时间，一定不可以惹老板！一定要万分小心！因为惹到了，是真的会死的。

第七章

爱与不爱都是错

她去医院陪那个叫苏若明的男人了。这句话瞬间占领了文峰的心，然后摧枯拉朽，碾过了每一个角落。

1

“李小姐应该不会签那个合约吧？”小张悄悄地问琳达。

“乔小姐既然有办法让我们老板签，你觉得李小姐拒绝得了她吗？”琳达白了小张一眼。

“哦。”小张有些抓狂。老板一遇上这乔小姐和那李小姐，心情就没好过。以后老板真要和她们俩一起工作了，自己可就真的每天在地狱了。

“我们一起做好准备吧。”琳达完全有同感。

李若溪、文峰、乔姿三个人，终于在都市偶像剧《深夏之吻》开机仪式上正式碰面了。李若溪穿着一条据苏若明所说是“三流服装店里卖不出去”的裙子，收获了不少艳羡的目光。李若溪不是太相信自己有那么美艳动人，抽了个空把自己穿的裙子拍了照片去网上一查，出来的结果让她大骂苏若明是个骗子。大骂之余，她对那条裙子有如侍候女王那般小心翼翼——那是一条价值五位数的高级定制！她要是不小心蹭了刮了，得不吃不喝赔上一两年！

像文峰这样在名利场混的人，当然也看出了李若溪身上那条裙子不是街边货，更不是李若溪这样收入的女孩买得起的。他有一点儿惊讶，因为觉得她特别好看。

像李若溪这样出身并不怎么样的女孩，穿那样的衣服，居然也压得住，这意味着什么？意味着李若溪天生就是要进这名利场的人吗？不管怎样，文峰只觉得今天的李若溪特别迷人。

而乔姿自然也看出了李若溪身上那条裙子价值不菲，更知道那条裙子必定不是李若溪这种平常女孩买得起的。能买得起的人当然有，几乎不用怀疑肯定就是那位装穷小子苏公子的手笔。乔姿看到了文峰极力掩饰却缠丝一样落在李若溪身上的眼神，她内心的妒忌在熊熊燃烧，却无计可施。今天她不但是女主角，还是投资方、制片人，她非常忙。这是她向父亲硬求来的机会，她要好好把握。

“姿姿，谢谢你，也恭喜你。”李若溪一直刻意地不往记者们的镜头前凑，一为避开文峰那令她浑身不舒服的目光，二为避免成为焦点惹乔姿生气，但她仍然在记者们都离开后过去向乔姿道了谢。这次乔姿给她的角色虽然只是个女二号，但已算是她正式上镜露脸的机会，至少有台词有角色了。她知道，如果不是乔姿，连这样的角色也轮不到她，所以她理应道个谢。

“不用谢。”乔姿冷冷地回答。她想说如果不是文峰，你根本不会出现在这里。但乔姿忘了，如果不是李若溪，文峰也根本不会出现在这里。

“你应该谢我。”文峰走了过来，似真似假地说。乔姿瞪着他，用一种疯子的眼神，为了让她向李若溪保密，他甚至要求她签了保密协议，现在却来邀功，这人有毛病吧？

“当然也谢谢文老师。那两位先忙吧，我先走了。”李若溪勉强一笑，转身匆匆离去。文峰看着她的背影，怅然若失。

2

“喂，李若溪。我说你签的角色好像是女二号吧？为什么你现在在搬道具？”苏若明扛着一堆器材，向正搬着一堆戏服的李若溪抱怨，“你又不是服装师，为什么要你去搬衣服？”

“不是说了吗，新开机剧组人手不够，大家能帮忙的都帮帮忙。”李若溪是真没想太多，“你要是累了就到那边歇会儿，你不是说你昨晚拍海报拍到天亮吗？今天干吗还过来？又不是有你专门的戏，你这么积极干吗？”

“我这不是料到你会在这儿做苦力，所以来帮你吗？”苏若明说着，看了一眼在休息区悠闲地坐着往这边看的乔姿，“那位乔小姐为什么待遇这么高啊？她和你不是朋友吗？”

“她除了是主演，还是制片人。所以，你老实干活吧。”李若溪今天一大早来了就已经开始在剧组各处打杂了，到现在还没化妆呢。刚才她看到文峰也来了，已经进了他和乔姿共用的化妆室，其他演员会另外共用一个化妆室，李若溪打算再过一会儿化妆室里的人少一点儿了再过去。

“干什么呢你！快把服装送进主演化妆室里去，等着用呢！小心点儿啊，别弄脏了！这可都是借的！弄坏了你们赔不起！”服装师从化妆室里冲出来，朝李若溪大叫，李若溪赶紧抱着服装往主演化妆间里走，既然碰面不可避免，那就坦然面对吧。

化妆师正在给文峰上粉，文峰看着李若溪抱着一大堆衣服进来挂好又匆匆走出去，看都没朝他看一眼，心里那个憋屈呀，总觉得有好几句话滚在喉咙里却怎么也说不出来。于是文峰的心情莫名其妙地烦躁，换衣服的时候，终于对服装师大吼：“你干什么吃的？把衣服配成这样？”其实服装师不过是拿错了一条他不喜欢的领带。服装师是第一次跟文峰合作，行内对他的评价是没什么架子，人前较绅士，人后较痞气，但算是圈内较好相处的大牌男星了。都说身为少东家，既有能力又有名气，这样很不容易了。可没想到第一天开工就被他开骂，服装师那个委屈呀。文峰对服装师吼的时候，李若溪刚巧搬第二批衣服进来，她手上拿着两套，其他重一点儿的苏若明都帮她拿着了。文峰一看李若溪和苏若明两个人形影不离，心中火气更大：“愣什么呀，还不赶紧去换！”

李若溪默默地把衣服放好，然后走出去，仍然没有要跟文峰打招呼的意思，文峰使劲地把领带扯掉扔到一边：“都给我滚出去！”

“怎么了？他们都说文大少在发火？”这个时候，敢进来的人也就只有乔姿了。

“她不是演员吗？为什么一直在打杂？”文峰的问题类似质问，但问完他后悔了，因为他预料到了乔姿的回答：“知道不？你越护着她，我就会越妒忌。我越妒忌，她就越没有轻松活做。”

“乔姿——你！”文峰这次承认了，他从来没有了解过女人。他不了解他过去认识的那些女人，他不了解李若溪，他也不了解乔姿。所以面对她们的做法，甚至行为方式，他除了觉得胸闷还是胸闷，除了郁闷还是郁闷，除了无语还是无语。

3

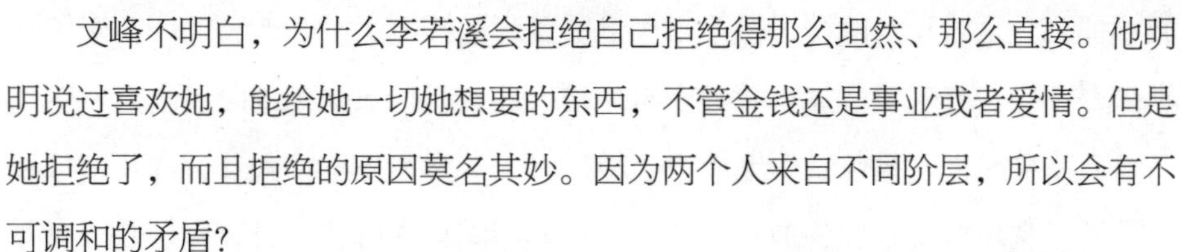

文峰不明白，为什么李若溪会拒绝自己拒绝得那么坦然、那么直接。他明明说过喜欢她，能给她一切她想要的东西，不管金钱还是事业或者爱情。但是她拒绝了，而且拒绝的原因莫名其妙。因为两个人来自不同阶层，所以会有不可调和的矛盾？

文峰也不明白，为什么乔姿会这样为难别人也为难自己。他明明那么坦白直接地拒绝了她，她却非要以各种方式纠缠不休。她就不能像他这样吗？她既然拒绝了，他就权当没有发生，有苦头他也自己咽下去，为何非要弄得像《三国演义》中你掣肘我我掣肘你，你不让我好过我也让你难受？

文峰也不明白自己，明明知道这是个死局，为何钻进来？这还是向老爷子保密的，要是让老爷子知道他违背了承诺，免不了一场风波。话说，老爷子就是这个圈子里的老大，这件事能瞒多久？一周还是两周？现在老爷子不知道，不过是因为最近他把精力放在别的方面。不然的话，早就把他叫回去训示了。

“你出去。我自己安静一下。不是十点半开始吗？”文峰看了看表，十点一刻，还有十五分钟，他想一个人待着。

乔姿还想说什么，但最后跺了一下脚，走了出去。

文峰看着空无一人的化妆室，叹息一声，向后靠在椅子上，闭上了眼睛。但没几分钟，就听外面有人在叫：“湖边的临时搭建棚出事故了！快叫救护车！”湖边临时搭建棚？李若溪今天的戏好像也在那儿。还有，刚才是不是有人叫她搬东西过去来着？文峰几乎是从椅子上跳起来冲出去的，随手抓住一个人问：“怎么回事？”

“不知道。那边摄影棚倒了，说有两个人被压在下面了。”听到这个，文峰觉得自己腿都快软了，压在下面的不会是李若溪和那个该死的老是跟在她后面的男人吧？

还真就是。

本来还没有到李若溪的戏，但是因为她被叫去道具组帮忙搬道具。结果刚搬到那儿，正搭建着的摄影棚不知道谁扯到了线摔倒引发了连锁反应，李若溪没来得及躲。苏若明本来想救她来着，结果连自己也被压到下面了。

文峰冲过去，脸色铁青地加入了救援，大家合力把重物搬开，都是木板和铁架子，文峰搬得心惊胆战："李若溪！李若溪！告诉我你没事！"好一会儿下面才传来了微弱的声音："我没事。但苏若明有事。他失去意识了，有人叫救护车了吗？"

"已经叫了！你撑着点儿，我们马上救你们出来！"听到她的声音，文峰的心算是稍微落了地。

4

不一会儿，消防救援也到了。苏若明一米八几的身体完全把李若溪压在了自己身下，一根铁条扎进了苏若明的右腿，人已经昏迷。

李若溪倒是没事，文峰过去上上下下仔细地检查了一遍。不幸中的万幸，她只有手臂和脸颊上有一点儿擦伤。可令文峰郁闷的是，李若溪拒绝了给自己的伤口上药，甩开他的手跟着苏若明的担架上了救护车。车门关上的时候，文峰看到李若溪紧紧握住苏若明的手，眼睛一动不动地盯着苏若明的脸。

文峰想起了上次自己受伤时，李若溪也曾经用这样的眼神盯着自己，可是，没有这么专注。这个想法出来后，文峰郁闷得差一点儿就透不过气来了。接下来他又做了更令自己郁闷的事儿：他开车跟着救护车去了医院，继续看着李若溪全程握着苏若明的手不放。看着苏若明进手术室后，李若溪像一张轻软的绢顺着墙瘫坐在地上。文峰过去把她扶到椅子上，给了她一瓶水。她机械地说了一声谢谢，然后再不吭声。他坐在她旁边等着，时间慢慢地流逝，文峰觉得有什么东西不属于自己了。但是，却又无声无息，就像时间的逝去，无法逆转。他甚至有一个很二的想法，就是问她："如果手术室里的那个人是我，你会不会不再坚持那些可笑的理由而选择和我在一起？"然后，文峰怎么想都觉得自己可笑，就像个坚持自己是最伟大的演员的小丑，折腾得再厉害，也不过是个笑话。

这是文峰头一次感觉到自卑。

然后，文峰在走廊发现了专门拍摄明星私生活的八卦狗仔队，他打电话给小张，让他处理这件事，最好把摄制组这次意外处理得毫无声息，他不想见报。

但第二天，文峰把报纸扔在小张脸上："说，怎么回事？"小张慌张地把报纸捡起来，非常委屈："我真的处理了。但是，乔小姐那边又放了消息，还故意扩大报道。"

"我应该叫你写辞职信，对不？"文峰盯着小张说。

"老板，不要啊，这次真的不关我的事。不信你可以去查，消息绝对是来自乔小姐那边的。"小张赶紧解释。

"滚！"看小张如释重负转身要走，文峰又加了一句，"今天陪我加班。"

"是，老板。"小张整个人都垮了下去，很明显今天老板心情不好，陪心情不好的老板加班那就是炼狱中的炼狱。

"医院那边怎么样？"文峰又问。

"已经转到普通病房了。除了腿上的伤，只有脑震荡，详细检查过了，没什么事。"小张赶紧报告。然后，他以他对老板的了解，非常识趣地加了一条消息，"李小姐在那里陪了一夜，今天已经回去休息了。"

"出去。"文峰得到了想要的信息，赶人。小张赶紧溜之大吉，他的老板最近超级不好侍候。

5

"打电话没有？"乔姿对助理大吼。今天有文峰的戏，但是文峰已经连续几天没出现过了，她异常焦虑。

“已经打了，说在路上了。”助理苦着脸，她整个早上都在打文峰的电话，幸好最后他的助理接了电话，不然今天她就死定了。

“去看看，不需要他到场的戏还有几场！还能拍多少时间！”乔姿继续对助理大叫，李若溪和苏若明出事后，文峰就很不对劲，她很不爽，非常不爽。

萌萌就站在一个不起眼的角落，看着这一切。其实开机的第一天，她也来到这个剧组了，因为发生了事故，所以没人注意到她。当然不是乔姿邀请的她，她是用自己的方式来的，她得到的是一个比李若溪稍低一点儿的女四号还是女五号的角色，但也已经是她的进步了。这圈子里想上位的人多如过江之鲫，到处都是拼了命的漂亮女孩。萌萌心里很急，但萌萌是非常理智的女孩，心里再急，也明白自己必须做的就是睁大眼睛，不放过任何一个机会。

“李若溪，过来帮个忙！”那边有人在叫李若溪。李若溪今天大清早就来了，脸上还有前几天擦伤的痕迹，所以也没有安排她的戏。原本是让她休息的，但她跑来跑去，四处帮忙，于是大家都习惯一有什么事忙不过来都叫她。

萌萌看着李若溪被人嚷来喊去地忙活，心里明白，李若溪和自己本质上就是不一样的。李若溪是真的真诚，而自己只是装出来的真诚。

“文峰老师已经进化妆间了。”乔姿的小助理对乔姿说。站在不远处角落的萌萌当然也听到了，她转身向化妆间走去。

萌萌到的时候，文峰已经从化妆间里出来了，萌萌一眼便看出来了，文峰移动的方向明确指向李若溪。

李若溪又跑到道具组帮忙去了，正吭哧吭哧地抱着一捆器材表达自己的女汉子气质。萌萌觉得李若溪如果不是作，就是真傻。作为一名女演员，在剧组里瞎忙活什么呀，搞得跟谁都熟似的，场务、助理、摄影师、服装师甚至化妆师，谁忙活不过来谁叫她，她真当自己是全能女仆吗？

“李若溪，你有病吧！那天没被砸死现在又自己来找死吗？”文峰嘴里自言自语责备着，快步往李若溪的方向走去。

不，不能这样。萌萌急中生智，发现手边架子上的线与面前地上的线是一起的，于是她想也没想，伸手便猛力一拉。

这个拍摄场地是在一个人工湖旁边，几乎所有的东西都是临时搭建的，文峰被东西绊了一下，本来不至于跌得太惨，但他下意识地保持平衡时抓到了旁边的花架，于是就真摔到地上了！

第一个奔跑过去的当然是萌萌："文峰老师，你没事吧？呀，你的手流血了！"

6

萌萌拿出手帕给文峰仔细包扎的时候，文峰有一瞬间的愣神。萌萌是真的有几分与李若溪相似。但他也明白，萌萌绝不是李若溪。他看向李若溪的方向，也许他摔倒的动静还不够大，也许是真的那边太忙乱了，所以，李若溪根本就没有往这边看一眼，反而是忙完之后，似乎跟导演打了招呼，就走了。

她去医院陪那个叫苏若明的男人了。这句话瞬间占据了文峰的心，然后摧枯拉朽，碾过了每一个角落。文峰觉得自己的心沉沉地痛，却不知道痛从何来，也不知道这痛应该往哪里放。

在这种极度失落情绪的驱使之下，当收工后的文峰开着车发现正在路边独自走路的萌萌时，鬼使神差地停下了车问："我送你一程吧？"

萌萌上了车后，乖巧地系好安全带，然后说："文峰老师，上次我的道歉饭你还没吃呢，不如今天我请你喝酒吧。"于是，文峰竟然真的把车开到了一间酒吧前。

文峰一直在喝闷酒。文峰不说话，萌萌想找话说，但不管她说什么，文峰都不怎么回应，只是不断地一杯接着一杯。喝闷酒的后果是，文峰醉得很快，文峰醉得很厉害。接下来的事情，文峰就不怎么记得了，只记得好像和一个女人去开了房。

四个小时后的凌晨一点，萌萌又独自出现在酒吧里，她自己坐在吧台前开始喝酒。单身的女孩深夜在酒吧里喝酒，当然会引起男人的注意。萌萌没喝一会儿，就有人托服务生来送酒了。萌萌也不拒绝，一仰脖子干了。萌萌的豪爽很快吸引上来几个男人，其中一个走上前就搂住了萌萌的腰亲了她的脖子一口，萌萌反手一个耳光过去，才发现那人是刘胖子介绍的一个副导演，她就是靠着他才进了乔姿他们那个剧组的。

“怎么？刚才不是看到你搭上文少走了吗？被他甩了？”那人流里流气地问。

“是我甩了他，不行吗？”萌萌娇笑着推了那男人胸膛一把，似是在调情。其实她心里恨不得砍他几刀。

文峰是喝醉了！她是跟着文峰去开房了！她甚至和文峰上床了！那又怎样？那个死男人，那个看起来不可一世的男人，从离开酒吧开始到她开门离开，脑子里心里嘴里就只叫着一个名字：李若溪！

她不应该走的，她应该继续赖在床上直到天亮。然后让他负责。然后踩着他给的台阶向她的目标出发，不是吗？但是她竟然有了一点儿不知道从什么地方钻出来的自尊心，这点儿自尊心让她火速下床穿衣服跑出来独自喝酒。然后让她倒霉地遇见了这几个见色起意的人渣，还毫无戒心地喝下了几杯不知道被放了什么的酒。

当自己的身体越来越热，呼吸越来越急促，而眼前几个男人的笑变得越来越模糊的时候，萌萌知道，今天她错了。真的错了。不管没有自尊地爬上了烂醉的文峰的床，还是有自尊地离开酒店独自来这间酒吧，她都错了。

喝了下了迷情春药的酒，等待萌萌的是，一夜似是而非、半清醒半无意识的迷乱。

7

“李若溪，说来接我出院，连请我吃个饭都不愿意，你什么意思呀？”苏若明赖在轮椅上不起来，非要李若溪推他下楼。

那根铁条虽然扎穿了他的右腿，但幸运的是未伤及筋骨，他早几天前就可

以自由活动了。但为了让李若溪多往医院跑，他赖着不出院。昨天李若溪因为担心他去和医生沟通后，就不再理他了。他求了好久李若溪才同意今天早上来接他出院，来了露了个面就说要去片场，连个饭都不愿意陪他吃。

“想吃饭自己去。我要去工作了。”李若溪真是好气又好笑。医生说了苏若明前两天就可以出院了，是他自己主动要求多住几天院的。这货得有多二，是看着她天天上午跑片场下午跑医院很欢乐吗？

“那你至少得推着我呀。”苏若明自己用手滚动轮椅大叫道。

“医生说了，你筋骨都没伤到，多运动对你复原有好处。”李若溪走在前面头也不回。

“喂！李若溪！我是因为救你才这样的！”苏若明又大叫，但李若溪只是顿了一下脚步，然后继续大步流星了，“我又没要你救。”

“李若溪！”轮椅实在是很不方便，苏若明干脆站起来走路，“算你狠。”

李若溪和苏若明刚走出住院楼大门，就看到了站在一棵树下的萌萌，她苍白着一张小脸，眼神凄清荒凉，但一看到李若溪就笑了，“若溪。”

“萌萌，你怎么在这儿？是不是哪里不舒服？”李若溪觉得萌萌的脸色不太对。

“没事。胃病犯了，来拿点儿药，真巧，遇到你们了。”她当然不舒服。她哪儿都不舒服，浑身上下都不舒服。被下了迷药后遭几个男人折腾了一夜，她能舒服到哪里去？清晨她醒过来的时候，只想死。但是她又想起了文峰睡眼蒙眬地叫着李若溪名字的样子，于是她来找李若溪，想激发自己的斗志。

“吃早饭没？你得正常吃饭，胃才不闹毛病。”李若溪说着，从包里掏出一个面包递给萌萌。

“没吃呢。谢谢。”萌萌嘴上说着谢谢，其实心里却很讨厌李若溪这副玛丽苏的样子。她并不觉得李若溪不真诚，她只是讨厌她竟然能真诚地这样做。

“快吃吧。今天你也要去拍摄现场吧，我前天看到你了，没来得及说话。”李若溪对萌萌说完又转头对苏若明说，“你自己打车回去吧。你这不是走得挺好的？就别再装林妹妹了，整天装娘炮你不烦哪。”苏若明撇撇嘴，没和萌萌打招呼就走了。

“好。那我们一起去吧。”萌萌知道这姓苏的不喜欢自己，就像自己从心里讨厌李若溪一样。果然，见李若溪是有用的。因为讨厌她，所以她要努力地证明，自己讨厌她是对的。去他的文峰，去他的酒后混乱，去他的各种色男贱男，她只要能努力接近目标，一切就不算枉费。

8

“李若溪，刚才那戏不行，再来一次。”那是一场李若溪失足摔倒掉到泥坑里的戏，李若溪已经狠狠地摔了五次，但导演仍然说不行。乔姿就坐在导演旁边，不断地提出这里有问题，那里不太对。导演虽在圈子里也稍有名气，可乔姿是制片人，是投资方，是整个剧组的衣食父母，所以对于乔姿对李若溪的诸多为难，他也就睁一只眼闭一只眼当没看到。再说了，他犯得着为一个三流演员都不算的李若溪得罪乔姿吗？

好不容易摔进泥坑的戏总算挑不出毛病后，服装师开始大骂李若溪，因为李若溪帮忙整理的衣服中，有一件衬衣不见了。

原本看着李若溪摔坑就已经心疼得不行的苏若明这下忍不住了：“李若溪是服装师吗？你才是服装师吧！衣服不见了为什么要骂李若溪？应该是服装师自己负责任才对吧！”苏若明一米八几的个子，往走娘们儿路线的服装师面前一站，服装师的气势顿时贴到了地面。但随即又回来了气势：“你谁呀，这里什么时候轮到你说话了？”服装师知道这男人好像只是个群众演员，整天跟着李若溪跑的，现在好像整个剧组都在乔姿的带动下把李若溪当牛一样使唤，他也看出来了，李若溪虽然是个女二号，但在剧组里根本就无所依靠，一欺负一个准。

“我是谁你不用管。但我劝你还是别拣着李若溪软就使劲捏，风水轮流转，小心哪天也有人收拾你。”苏若明说着往刚到场的文峰那边望了望。

“我也没说她什么呀，衣服不见了我着急呀。”服装师什么人啊，在这势利圈里混久了，多少都有了眼色。难怪大家底下都在传乔制片喜欢文峰，而文峰心头所爱另有其人。难道那个人竟然是李若溪吗？不会吧，这要是爆了出去，得是多大的料！一线男星和出道新星及三流小演员的三角恋，怎么也得占几天娱乐头版吧？不过，他自己是不敢传这样的消息出去，除非他不想在这行混了。

“嗨！我找着了！”李若溪拿着一件衣服从停车场的方向跑过来，“是落在车上忘记拿过来了。”

“呀，就是这件！谢谢你呀，李若溪。”服装师装回了笑脸，不看僧面看佛面，就算是文峰喜欢的不是李若溪，他少得罪一个人也不错。

“不客气。”李若溪还在笑，却不知道发生了什么。苏若明“哼”了一声，对这个二得不行的女人彻底没了脾气，“李若溪，你是女演员，不是打杂的，知道吗？”

“我知道啊。但你连打杂的都不是，还瘸着个腿，你在这儿干吗？”李若溪笑问。

“哼。我是来看李若溪被人欺负的！”苏若明气哼哼。

而这一幕，正好看在刚到场的文峰眼里。这边两个人你一句我一句地斗嘴，像寒芒闪闪的刺，“哧”的一声，快速而恶狠狠地没入了文峰的心房。

9

文峰转过头不再看李若溪，萌萌却映入了他的眼帘。萌萌也看到了他，文峰不禁心里一凛，想起前晚的酒醉，很恍惚。但萌萌却只是露出了一个寻常的微笑：“文峰老师，你来了。好像马上就到你的戏了呢。”

萌萌的若无其事让文峰有点儿意外。他这两天努力地回想了那天晚上的事情。只记得喝多了，去开了房。好像有女人，又好像没有。反正醒来的时候，身边是没有其他人的。如果真有女人，那她为什么悄然离开？如果那个女人是萌萌，她更不应该离开才对。因为以他的个性，犯了错，肯定会做些什么弥补的，萌萌不是一直想上位吗？

头忽然痛了起来。文峰摇摇头，不再去想了。他现在彻底地承认，无法理解女人的想法。

“李若溪，有空吗？去帮我买杯咖啡行吗？要路口那家的白咖啡。”乔姿又开始叫李若溪做事了。

“成。”李若溪应了一声，向摄影场外跑去，这里离路口那间咖啡室足有两公里，苏若明翻了个白眼，伸手拦住李若溪：“你不去不行吗？她凭什么指使你呀？”

“只是买一杯咖啡，就当跑步运动了。你别跟着我了，好好休息吧，不是说又有人约你拍广告了吗？”李若溪说完，向苏若明摆摆手跑了。苏若明看着她的背影，觉得这女孩像一粒闪光点，跳着跳着就消失了。他觉得她是最好的珍珠，最珍贵的宝物，但是，她却是他不可触摸的。

“只是一句话，都不愿意和我说吗？”文峰站在乔姿对面深情地问。乔姿低着头，精致的侧脸很动人。

“你知道，不是这样的。”乔姿轻轻地回答，对面的文峰眼神忧郁缠绵，像丝一样缠得她就快透不过气来，但她享受这种窒息。

“别这样，你不要不理会我。你是我的空气，你对我冷漠，就像要我的命一样。”文峰说着，伸手紧紧地把乔姿拥入怀中，俊脸贴着她的头发，贪婪地闻，“你要记住，你不在，我就会死。”

“卡！”导演大声喊，“很好。两位辛苦了。”

“导演辛苦了。”文峰快速放开乔姿，转身走开时，乔姿还在情绪里没出来。她呆呆地看着文峰走到他自己的休息位坐下，一边喝水，一边看向李若溪所在的位置。李若溪端着一杯咖啡，站在阳光下正和苏若明说着什么，脸小小的，没化什么妆，却闪着光亮。

乔姿深呼吸一下，强行忍下心中的不快，快步走回自己的座位，然后对助理大吼：“我的咖啡呢？”

李若溪正端着咖啡走过来，乔姿不知道有意还是无意，一转身一挥手，咖啡就倒了，洒了李若溪一身。

“你干什么呀！”吼出这句话的是文峰，乔姿挥手的同时，他几乎是跳起来的，但仍然没有救下李若溪。

李若溪皱了皱眉，无声地叹息一声，不是因为咖啡烫得有多痛，而是觉得因为文峰的加入，乔姿肯定是要闹事的。

10

“你吼我做什么？我又不是故意的。若溪，你没事吧？”乔姿觉得解气，问得很不在意，笑容都快露出来了。

“没事。”李若溪摇头说，幸亏咖啡厅离这儿两公里，离得近的话，她要被烫出水泡了吧？姿姿的大小姐脾气越来越大了。

“什么叫没事！快到里面换衣服，看看有没有烫伤！”像影子一样跟着李若溪的苏若明自然也加入了是非圈。

看着苏若明把李若溪一把拉过去推着走进了更衣室，文峰握了握拳头，幸好苏若明很快就走出来守在更衣室门外，文峰这才把拳头松开，一字一顿地问一脸无所谓的乔姿：“你到底想怎样？”

“我已经跟你说过了。你对李若溪有多在意，我就会对李若溪有多痛恨。”乔姿也冷静地一字一顿地回答文峰。戏里的文峰是她深情不移的恋人，李若溪才是那个坏“小三儿”。可现实里，文峰时时处处在意留恋的却是李若溪，乔姿在无数次戏里戏外的失落失望里快把自己逼疯了。

“你有病。”文峰被乔姿的回答噎了半天，只说出了这三个字。

“没错。我就是有病。”乔姿大方承认，她是有病，她只是喜欢他，她只是妒忌李若溪，这又有什么错？爱情里的自私是天经地义的！

文峰觉得和乔姿已经无法沟通了，他只得闭上嘴转身离开，他不能再看见乔姿了，再这样下去，他说不定会冲动地想掐断她的脖子。

文峰朝更衣室走去，一把推开了欲阻拦的苏若明走了进去，把刚刚套上一件干净T恤的李若溪拉住就往外走，他因为愤怒而力气奇大，李若溪试着挣扎了一下，最后放弃了，跟着他到了停车场，又被塞上了车，还没系好安全带，文峰的车“轰”地跑了出去。

“够了。李若溪。你的矫情到此为止吧。不要继续下去了。”一路上文峰都只闭上嘴狠踩油门不说话，李若溪也没吭声。她觉得自己真是倒霉死了，遇上的人一个比一个极品，已经倒霉到无语问苍天的程度了。等文峰终于把车停在郊外一片田野旁边后，李若溪仍然没作声，看着旁边的麦田发呆。

文峰终于说话了：“我从来没有向谁表白过。我说过我喜欢你，这不是什么潜规则。你也并没有漂亮到令人潜规则你的程度。我只是单纯地喜欢你这个人，想和你在一起。我不明白你到底在矫情什么。你还想在这个圈子里打拼不是吗？你知道我的身份，我可以帮你。你想要的一切，我都能帮你得到。帮助自己喜欢的女人成功不是应该的吗？你到底有什么关过不去？非要这样矫情吗？你敢说你对我一点儿感觉也没有吗？你不喜欢我哪里？长得不够好？还是没有能力？或者是不够真诚？”

“我能给你讲个故事吗？”李若溪很安静地听文峰几乎是吼着说完了话，很平静地回答道。她安静叙述的语气令文峰也不由自主地安静了下来。

第八章 我们的故事

李若溪继续低头往前走，她告诉自己，一开始的痛楚、艰难，熬过去就好了。

1

“从前有一位土豪的女儿，年轻的时候，求婚的人很多，但她看上了一个穷小子，爱得死去活来，宁愿和父亲断绝关系也要嫁给他。”说到这儿，李若溪看了一眼文峰，苦笑道，“这个故事很土气对不？古往今来发生过许多，七仙女与董永，王宝钏与薛平贵。往往这种故事的结局都不怎么好。”李若溪说到这儿，沉默了一会儿，才又继续说话：“这位富小姐为了爱情，和家庭断绝联系嫁给了穷小子。富小姐的父亲是位倔强的老人，气得生病了，后来病死了。老人一走，富小姐的母亲没多久也走了。幸运的是，到底是母亲心疼女儿，老太太临死前，把财产全都留给了嫁人后一贫如洗的女儿。为爱疯狂的女儿自然又把这些财产全交给了丈夫打理。穷小子觉得，自己一定不能被去世的岳父岳母看不起，一定要混出个样子来，一定要把这笔财产经营好，甚至翻几番。”李若溪说到这里，又苦笑一下，然后才继续，“这男人的想法很宏大，甚至有点儿偏离了实际。但他忘记了，他只是一个穷小子，他从来没有做过生意，更没有经营过企业，他不过是一名电机修理工。结果呢，结果穷小子做生意被人骗了钱，企业管理漏洞百出，不到一年，不但原来的财产没有了，还负债累累。”

“后来呢？”文峰对这个故事的结局并不意外，世上太多这样的事情了。

“后来，他们又变成了只能租个破平房住的小夫妻。丈夫非常郁闷，觉得自己的命不好。但偏偏这时候，妻子怀孕了。丈夫不得不出去工作养家。丈夫在外工作非常辛苦，原本是娇小姐的妻子也不得不做些零工补贴家用。但一个孕妇能做什么呀，谁也不愿意请一个孕妇工作。再后来，丈夫就觉得，妻子要他养活实在是过分，凭什么要他努力工作养家呀，凭什么妻子总是待在家里呀？丈夫越想越生气，越想越觉得不公平，渐渐对妻子冷漠疏离，再后来，在他们的女儿出生的第三年，这个丈夫留下一纸离婚协议，一走了之，再也没有回来过。一年之后，妻子又遇到一个男人再嫁了，这女人的第二任丈夫倒是不错，帮她找了工作，只可惜不是太喜欢她的女儿。他们只做了三年夫妻，男人就得病去世了。那个可怜的女人，就独自把女儿带大，一直一个人过。

“这个故事告诉我们，身份地位不一样的男女，最好不要在一起，否则只会给双方带来悲剧。灰姑娘的故事，永远是存在于电影和故事里。那之所以是故事，就是因为它们不是真实的生活。爱情是文艺片，梦想是动画片，但生活是纪录片。”李若溪还不忘总结。

“然后呢？我和你是纪录片？”文峰挑起好看的眉，好气又好笑地看着李若溪一本正经地教训自己的小脸，真想过去狠狠捏一把，把这小丫头捏清醒。她自以为装得很清醒的样子，其实什么都是装的，“这故事的主人翁是谁？你的妈妈？他们的女儿就是你？是吗？”

“是的。”文峰猜到这一点，李若溪并不是太惊讶，毕竟她了解他是多么聪明又腹黑的男人。

“那你倒是说说看，我们两个和你妈妈的故事有什么相似之处？”文峰倒不相信了，他又不是故事里那样的男人，还能委屈了她不成？

2

“你喜欢我到什么程度？能到失去你现在拥有的一切也在所不惜的程度吗？”李若溪问了这一句，没等文峰回答又继续说，“我想，你的父亲一定已经警告过你了吧，像你这样的身份与地位应该与怎样的女子建立婚姻。或者，你已经得到了直白的要求：和我这样的穷女孩恋爱可以，做情人养着也可以，但结婚必定是要与门户相当的女孩。是这样的吗？”

李若溪越说越起劲，毫不讳言，小嘴堪比国际名辩，字字都像针，戳得文峰的心生疼。然后，文峰不知道是出于哪种冲动，他的回答是伸手把她抓住，猝不及防地堵住了她的嘴巴，用自己的嘴。

这个吻来得太突然，使的劲儿太大，甚至让双方的牙齿都碰到了一起，撞得两个人都因为瞬间的疼痛而愣住了。文峰吻过去的时候，一半是冲动，另一半想的是，就像很多次拍戏的时候演的那样，男人用吻征服了女人。但这个开头用的劲儿过了，他自己的嘴唇牙齿都被撞痛了，这小妞的嘴是钢铁做的吗？这么硬！文峰这么想的时候，把舌头伸出来，扫了李若溪的嘴唇一下。李若溪刚巧反应过来，像愤怒的小狗那般，张开嘴就咬！文峰吓了一跳，下意识地别开嘴用手去挡，然后一只叫作李若溪的愤怒的小狗就死死地咬住了文峰的右手掌下侧。

李若溪大概是被偷袭的愤怒冲上了脑子，也不放开，就那么咬住文峰的手瞪着亮闪闪的杏眼盯着文峰看，满心满眼的气愤与不服气，像极了一只愤怒地保护自己的小动物。文峰看着她的样子，“哧”的一声笑了，哈哈地笑，极开心，然后伸出没被她咬的左手胡乱地把她的头发搓了几搓：“李若溪，以后要不要给你改名叫李小狗啊？哈哈哈。”

“哼。”李若溪又狠狠地用了一回劲儿，看着文峰终于收起了笑脸皱眉，她才松开嘴，“哼”了一声，打开车门下车，“噔噔噔”地往前走。

文峰低头看了看自己的右手掌侧下方，一排牙印清晰明了，虽然没有破皮，但表皮受重力压迫之下的血丝清晰可见，文峰动了几下手指，把手伸到自己嘴唇边吻了一下，看着前面已经走成一个小影子的人笑着发动了车子，踩油门跟了上去。

半个小时后。空旷的郊外公路上。

“喂，李若溪。”文峰的跑车缓慢地跟着李若溪轰鸣，“你作够了吧！这是郊外公路，你要走到什么时候？你再不上车我真的走了啊。”

3

“我该说的已经说完了。”李若溪其实也累，但是，再走十分钟就到公交车站了。她现在明白过来了，文峰根本就不是会讲道理的人。他的人生经历决定他从来就是一个不管别人怎么想，只要他喜欢就要为所欲为的人。所以，对待这样的人，最好的办法就是不理不睬，只当他从来没有出现。说她作，那她就作到底吧。为了他那样一个男人，她要和全世界抗争，她犯得着吗？

开着跑车像蜗牛一样跟着李若溪走了半个多小时的文峰回答她的是猛踩油门的轰鸣与烟尘。李若溪继续低头往前走，她告诉自己，一开始的痛楚、艰难，熬过去就好了。

她只要继续向前行就可以了。如同她一定会到达公交站那般，她也一定会到达她的梦想。

“若溪，你在哪儿呢？”李若溪刚坐上公交车，就接到了思琪的电话。

“在公交车上，下午要去剧组。你知道吧，乔姿投资的新剧，她找我演女二号。”李若溪只字未提乔姿在剧组对自己的飞扬跋扈与刻意刁难。

“姿姿的小姐脾气可不是吹的。”思琪又问若溪，“吕右想和我签约，你说我签不签？”

吕右？那个在圈里有皮条客之称的经纪人？据说那人爱不择手段捧女星，把女星弄上富豪的床也时常有之，所以别人暗地里都叫他皮条客。李若溪沉吟了一下，反问思琪：“你想签吗？”

“我不签还能怎样？我现在拍的这部片子，很快就会开始宣传。我的青春也就这么几年，不抓住机会，我要挨到什么时候？若溪，这圈子简直就是个情色圈子，我觉得我太累了。”思琪情绪低落，说得李若溪都有些灰心。

“加油，思琪。我们这么努力，上帝会看到我们的。”李若溪只能这么说了。

“听你这么一说，我也觉得好多了。”思琪末了又说，“若溪，姿姿那种大小姐脾气，你别跟她一般见识。能演女二号，也是个机会。”

“我知道。”李若溪挂了电话，陷入久久的沉默。

公交车一站又一站，终于在华灯初上时回到了这繁华都市。李若溪下了公交车，又打了辆车，赶去西郊的剧组，剧组刚才短信通知，要赶拍几场配角们的夜戏。

繁忙赶夜戏的剧组。李若溪和苏若明站在一角等待。

“知道为啥赶夜戏不？”到了地方，果然剧组还在灯火通明地工作着，两主角乔姿和文峰都不在，但大多数配角演员都在赶戏。苏若明悄悄过来跟李若溪爆料，“看到没？”苏若明用眼神示意正坐在导演和刘胖子旁边讨论剧本的萌萌，继续说，“你那个朋友，真是不能小看。据说她又签了另外一部剧的女配，为了配合她的行程，先把我们这部有她的配角戏赶出来。这得什么本事呀，这名不见经传的，就能有这大牌的待遇。今天导演还夸她了，说她演技不错，会有前途。哼，这是枕头风吹的吧？”苏若明怎么看萌萌都觉得不顺眼。

“别乱说！”李若溪制止了苏若明的话题，“快干活去！”

李若溪怎么会不知道萌萌的本事，但每个人都有自己的方式，她能够以她自己的方式成功，她也会替她高兴。

4

《深夏之吻》剧组，繁忙的湖边拍摄场地，李若溪的名字不断响起。

“李若溪，道具组那边刷油漆，让你过去帮个忙！”因为乔制片说如果人手不够尽可找李若溪帮忙，所以场务在大喊。

“李若溪，主演的那批衣服的围巾放哪儿去了？我没找到，你赶紧去车里帮我找一下！”一直就把李若溪当私人助理用的服装师大叫。

“李若溪，你的台词是怎么回事？昨晚剧本有了改动，你不知道吗？不会拍戏别来呀！”因为乔姿故意没把新台本给若溪，背错了台词的若溪引得导演大吼。

“李若溪，乔制片找你！”小助理甚是同情李若溪，但又不得不来传话。

“李若溪，别去。我有事找你。”文峰觉得把李若溪留在身边就好了。但事实上，乔姿会因为他的插手而给李若溪施加更大的压力。

“李若溪，你是来打杂的对吧？你肯定不是演员对吧？”苏若明在抱怨，他也跟着李若溪在打杂，一边抱怨一边帮她分担。

李若溪疲于奔命，忙得都没有空想一想如何寻找解开这困局的突破口。因为文峰的态度渐渐明朗。剧组里已经有人打趣她：别装清高了，认了吧，跟了文峰，就算没名没分，文峰给她的东西，也足以补偿一切。

“苏若明，我要是现在跑了，会不会显得很没骨气，很没耐力？”李若溪原本一边刷油漆，一边背台词，苏若明跟在她后面一直为她抱屈地嘀嘀咕咕，李若溪忽然停止背台词，突兀地问苏若明这个问题。

苏若明一愣，马上回答说：“你的有骨气就是待在这儿任人欺负啊？嘁！我反正是你去哪儿我就去哪儿。”苏若明嘴上说得毫不在意，心里却知道，李若溪得到这个角色后有多努力，多高兴，如果这样离开，她肯定会比任何人都难过。

“我待在这里，文峰老师看着我难受，你看着我也难受，姿姿看着我也难受。”李若溪说。其实最重要的理由是文峰那个家伙。为何她已经说得那么明白了，那家伙还是像没听到一样呢？在剧组里也不怕影响不好，到处都有记者什么的，他还一会儿过来把她拉过去喝咖啡，一会儿给她整碗汤，一会儿过来拍拍她肩膀什么的。刚才还一本正经地想来帮她刷油漆，因为乔姿说对台词才把其实很二的大爷给叫走了。文峰这是什么意思？只差没搞送玫瑰求爱招式让她被千夫所指了！她要再待下去，绯闻就直接见报了。到时候她哪还有机会做什么实力派女演员啊？一顶借文峰上位的帽子扣过来，哼，文峰大少爷背后的文爷会轻易放过她吗？

“你难受不？”苏若明问。

“我还好啦。这样累也不是没经历过，那时候还没有角色可演呢。现在可是有角色了。”李若溪说。

“我是说，你舍得放弃演戏的机会吗？你舍得离开文峰吗？”苏若明其实最关心的是第二个问题的答案。

5

“苏若明，你明明知道，我待在这里是为了什么。”李若溪说完，觉得自己的答案有点儿无力。她不舍得这来之不易的角色，好像，也有点儿不舍得离开文峰。

苏若明没有再说话。他觉得自己很了解李若溪，就像他也了解自己一样。

“苏公子终于决定不装穷屌丝了？”在乔姿单独的休息间与化妆室里，乔姿气定神闲，看着大方坐在面前上单刀直入地问自己想要什么条件才能放过李若溪的苏若明。她觉得可笑，又觉得生气：怎么人人都因为李若溪来责备她？

“你要什么？直接说吧。”苏若明真是对李若溪的交朋友能力无力吐槽了，怎么不是萌萌这种，就是乔姿这样的？

“你也喜欢李若溪。”乔姿断言。然后她迎着苏若明“那又怎样”的眼神，继续说，“苏公子，以你的身份与能力，你根本不必装什么穷屌丝，你大可借风使力，在这圈子里呼风唤雨。这是一个名利场，钱就是权力，你有了权力，还怕得不到一个女人吗？”

“你现在也算在这剧组里呼风唤雨，但你得到你想要的男人了吗？”苏若明反问，乔姿的脸色“唰”地就白了，“苏公子，何必咄咄逼人？我们的目标是一致的，你要李若溪，我要文峰。如果他们两个人在一起了，那我们两个就是失败者！”

“你的爱情存在成功和失败。我的爱情只有一样东西，那就是爱。”苏若明盯着乔姿惨白的脸，一字一顿，“我劝你还是不要对若溪太过分。男人都是同情弱者的，你对若溪越狠，文峰的心向她倾斜得就越多。据我的经验，男人最讨厌的女人形象，就是飞扬跋扈为所欲为的泼妇。”

“滚出我的化妆室！”乔姿咬着牙赶人。苏若明也无心再与她沟通，转身走人。

苏若明走后，原本倚在化妆室窗外的墙上面向湖面发呆的文峰站直了身体。他无意偷听，只是无聊找了个安静无人打扰的地方看会儿风景。说真的，乔姿投资这部剧真下了血本，为了拍摄，把整个人工湖周围的风景区都租了下来，因为没了游客的打扰，除了剧组的忙碌，周围的风景还是可圈可点的。他并不关心苏若明找乔姿说了什么，作为一个男人，他早看穿了苏若明对李若溪的情意。他有信心打败他。但他也没忽略刚才听来的信息：乔姿把苏若明叫作苏公子。

姓苏的公子？姓苏的家族，他倒是知道一家显赫的，但他们家有一个叫苏若明的公子吗？

正想着事，文峰的手机嗡嗡振动，来电显示是文杰。文峰按了接听键："喂。"

"小子，这几天那女孩回心转意了？都不来找你哥喝酒了！"文杰没心没肺地在那边说。

"你上班不是累吗？你昨天还跟我助理说你累得跟条狗似的，我再不回公司你就要死在我办公室来着。"文峰也没客气。

"小子，你可怜可怜你哥吧。你哥我就是只会吃喝的命，老爷子这几天往我办公室搬的文件都能把我埋了，我是那块料吗？"文杰哀求道。

6

"老爷子往我办公室搬的文件和你一样多。"文峰说，"今晚我请你喝酒吧。既然你求我安慰你。"

"好嘞！"文杰愉快答应，还不忘记要求，"不只喝酒，我要全套啊。"

"没问题。"如果不是继承权争夺问题，文峰觉得自己应该是真心喜欢这个哥哥的。

高级会所的包厢里，文杰又看了一眼进门就闷头喝酒的文峰，松开怀里的女人，示意她出去。等人都走完后，他倒了杯酒坐到文峰对面："还是没成？要不要哥帮你？哥可不是吹牛，哥追过的女人，都能凑成一个连了，泡妞的经验还是有一点儿的。"

"你都追过什么样的女孩？"文峰问。

"清纯型的，熟女型的，少妇型的，知性型的，女强人型的，不是你哥吹牛，哥追过的女人，从女高中生到女博士后，从十八岁花样少女到四十八岁半老徐娘，你哥就没有失手过的。”文杰洋洋自得打算牛皮吹破。

“哥，你那是玩女人，不是追女人。”文峰下结论。

“那还不是一样吗？我告诉你，这女人哪，没睡她的时候，跟圣女贞德似的。你睡了她之后，就跟饥渴了几十年没遇到过男人的荡妇没什么两样。这女人，你越尊重她，她就越给你脸色看。你得强硬点儿，拿出男人的气势来，把她往床上一扔，天亮之后她的人和心就都是你的了。”文杰说到这儿，又瞄了瞄文峰的下半身，“虽然不是一个妈生的，但你哥我的功能不错，你不会有问题吧？”

“我算是知道，为什么那些怨妇都说男人是用下半身思考的猪了。你为这个结论立功了呀，哥。”文峰被他看得不自在，从果盘里拣了只小番茄砸了过去，文杰偏头没躲开，捡起那只落在自己衣服上的小番茄放进嘴里吃掉，一边吃一边说，“我反正没为情伤身。你都喝醉好几回了，还惹了老爷子的警告。”

“苏家年轻一辈里有个叫苏若明的吗？”文峰不再接他的话题，开始问正事。文杰的母亲娘家未没落之前与苏家算是世交，文杰对苏家的了解应该比自己多。

“苏若明？我没怎么听过这个名字。但最近据说苏家老大找回了流落在外的儿子，还没有公开露过面。之前不是说苏家老大没有儿子吗？说都是认回来抢继承权的，还闹得挺大。”文杰详细告知自己知道的一切，“你问这干吗？”

“没事。只是随便问问。”文峰很随意地应答，心里却警醒着：如果苏若明就是那个私生子，他到底是为了什么要装成穷小子？

7

“那个女孩叫李若溪？”文杰继续问，很好奇很八卦的样子。

“我醉的时候说的，还是你去调查的？”文峰看文杰的目光渐渐变冷，

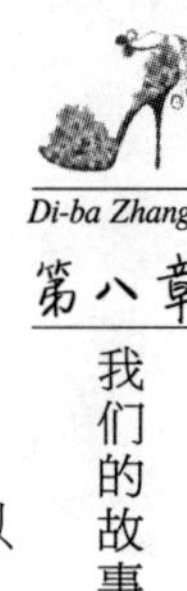

“哥，你最近太关心我了。”

“你醉的时候一般不太说话，但那天吼了一声，我都没怎么听清楚，所以就去查了一下。呃，事实上，我只是顺便了解了一下。”文杰赶紧解释。

“我的事你最好少管。”文峰说完，起身拿起了外套，“我先走了。”

“呃，别跟个娘儿们似的，我又没说什么，怎么就得罪你了？”文杰喊冤。

“在你记下她的名字时，就已经得罪我了。”文峰回答这句话的时候甚至都没有回头。

文杰看着关上的包厢门，慢慢靠在沙发上，头向后仰，闭上了眼睛，像是自言自语地说了一句：“我不会忍耐很久的。很快。很快。”

半晌后，文杰深呼吸几次，然后拿出了电话拨号，电话打通的时候，他打开了音响开关，然后用半吼着的声音说：“爸！我不干了！凭什么文峰不用天天来公司报到，我却要天天打卡？我也是你儿子！虽然我不是你喜欢的女人生的，但我也是你儿子！我不去公司了！坚决不！”文杰吼完这句就挂断了电话。他的目的已经达到了，他想让老爷子知道，文峰在做别的事情，这就够了。其他的，老爷子会解决的。近三十年来，因为老爷子的偏心，文峰是一直没有弱点的。但是，现在不一样了。现在文峰会因为他知道了那个女孩的名字就拂袖离开，文峰终于有了弱点。而他的这个弱点，正是老爷子最不能容忍的缺点。别说是现在公司转型的关键时期，就是以前资金无忧时，老爷子也绝不会允许文峰看上出身那样低微在娱乐圈里爬的女孩。老爷子可能会不屑于让儿子与金钱联姻，但老爷子不会舍得因为儿子而舍弃自己拼了命才建立起来的帝国。妈妈说得没错，老爷子骨子里和自己才是一样的人，自私到底。所以，虽然他喜欢文峰，但并不代表在文峰危害到他的利益时也站在文峰那边。他赌的就是老爷子的自私。

文家大宅，文爷打电话给助手：“他这些天没去公司都做了什么？一个小时后把报告交给我！”

“是，文爷。”

“不要忘记了是我给你发的薪水。我纵容他，并不代表他就能代表我。”文爷冷冷地说，助手一身冷汗，文爷这么难搞，儿子也不好惹，他拿这点儿薪水容易吗？助理这边还没抹完冷汗呢，文爷又开吼了，“把那个女人的电话给我！”

文峰知道老爷子迟早会出现，毕竟这是老爷子的地盘，他无视对老爷子的承诺接拍了乔姿的电视剧，却又恐吓了他秘书先不能知会老爷子这事，但就算他的人不说，老爷子肯定也会搞清楚。只是没想到这一天来得这么快，快到他还没来得及和李若溪正儿八经地约会一次。

8

剧组半公里外的马路上，偶尔一辆车经过。马路边儿上，李若溪走路，文峰仍然开着他拉风的跑车在后面慢吞吞地跟着。

“李若溪，会吗？会死吗你？”文峰慢条斯理地继续问。不是有句话嘛，烈女怕缠男，他今天都缠了她一天了，他的目标是今晚要与她吃饭。

本来那个苏若明还想用一辆小破车载她走的，但她让他先走了。他把这当成一个进步，至少她没当着他的面直接坐上别的男人的车走。更何况那还是个小破车，她要是坐上小破车走了，他会吐血的。

“我是真没想到你是这样的人啊，文老师。”李若溪已经被文峰这油盐不进只顾自己想做什么就做什么的人足足纠缠了一天，她终于忍耐不住想讥讽他几句时，手机响了。一看是个陌生号码，李若溪按了接听键时语气还带着火气：“喂！本姑娘不买车不买房不买保险什么也不买！有话快说，有屁快放！”

“谁家的姑娘这么没家教？我是文颂德，我要见你！半个小时后悦和十八楼九号桌，不准迟到！”本来就心情奇差的文爷一听李若溪居然敢叫他有屁快放，当即就吼了。李若溪一时半会儿没反应过来，“你才没家教呢！你谁呀！

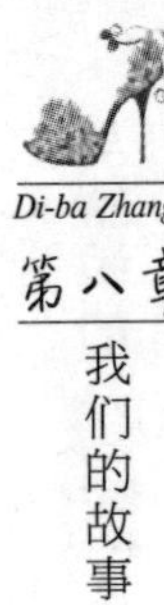

你要见我我就得去见你呀？谁定的规矩？”

“我规定的！你敢不来试试！”文爷吼完这句，“啪”地挂掉了电话。

“谁的电话？”文峰嘴上问着，心里暗叫不妙。

“一个叫文颂德的，叫我去悦和酒店十八楼见他。这年头骗子真是嚣张，直接就让人去见面，当别人都是智障吗？”李若溪说完觉得哪里不太对，文颂德这个名字她是不是在哪里听过？

“你还是上车吧。文颂德是我父亲的名字。他说了要见你的话，你不去也得去。”文峰老实告知，说完苦笑一下，回想刚才李若溪像炸了毛的猫咪般的横劲儿，他脑补了一下爸爸雷霆震怒的样子，不禁觉得开怀，“快上车吧。传说中要拆散小情侣的恶毒公公出场啦！”

“什么？”还在生气被人说没家教的李若溪因为文峰的话瞬间石化了：文颂德就是文爷。文爷就是文颂德。她刚才叫文爷有屁快放，还说人家是骗子。她说怎么觉得文颂德这个名字有点儿熟，原来竟然是文爷！反应过来后，李若溪认命似的上了文峰的车。上了车的李若溪顿时安静了下来，喃喃自语地对自己说了句：“李若溪呀李若溪，该炸毛的时候你装孙子，不该炸毛的时候你乱喷火，不作死就不会死，说的就是你呀，李若溪。”

文峰看她嘀嘀咕咕的样子，觉得她很可爱，心里却也很担忧，但愿不管老头说得多难听，也不会让她感觉太过受伤。

9

悦和酒店十八楼九号桌。

李若溪在一些媒体上见过文爷的照片，照片上那是一个戴着眼镜的斯文儒雅的男人。但当李若溪终于到达了据说也属于文爷产业的悦和酒店十八楼见到现实中的文爷的时候，觉得传说中叱咤风云的娱乐圈教父原来不过是一位瘦一点儿高一点儿的老人，远没有新闻杂志报道的那样高端大气上档次。当然，这是在文爷还没有开口说话之前李若溪对文爷的印象。

李若溪到之前，文爷本来已经稍微平复了自己的情绪。医生说虽然最近他身体状态不错，但是已经上了年纪，脾气要改一改，不然血压不高也有可能爆血管。他半生打拼的事业正在关键时期，他不能在这当口儿被一个无知小女孩气爆血管掉链子。

但当文爷看到李若溪身边竟然还跟着自己的宝贝儿子文峰，而文峰还一副护花使者的死相，他的火气腾地就又冒上来了。没等李若溪自我介绍完，他就问了一句："文峰这小子还没睡过你，对吧？"

"呃？"李若溪一时不知如何回答，她虽对文峰说的什么丑媳妇见公婆嗤之以鼻，但也是怀着恭敬的见长辈的心情来的，可有哪个长辈一开口就问小辈这种话的？

"你知道每天有多少像你这样的女孩子把自己的裸照寄到我公司吗？你这样的女孩子，我见过很多。女人可以利用一切手段上位，身体是最直接的武器和方式。一般而言，我不受威胁，除非我愿意。但是今天我在这里答应你，你想要得到的东西，我都会给你。前提是你必须和文峰彻底分手。"文爷一边说，一边观察李若溪的表情。他看得出她觉得受到了侮辱，这很正常，但凡年轻人，都觉得自己的爱情最了不起，无论如何也不值得出卖。他能理解。但这女孩脸上那种好气又好笑的表情是什么意思？她竟敢嘲笑他吗？

"文先生，我知道在演艺圈里，入行容易出头难。我从大四开始，就已经去做群众演员了。现今两三年过去，我仍是一个名不见经传的小群众演员。我深深地明白你所说的事情代表着什么。但是我的回答是这样的：一、你不必帮我什么。因为你不欠我的，我也没有求你帮忙。二、我不会和文峰老师分手。因为我和文峰老师从来都只是认识的一起工作过的前辈和后辈的关系，谈不上分手一说。"李若溪说完，起身向文爷鞠躬告别，"如果没有什么其他的事情，我就先走了。祝您身体健康，再见。"

文爷觉得自己被这丫头一套一套地差儿点套住，看到这小丫头竟然高傲得想说完话就走，他一拍桌子："慢着。谁让你走了？这是小辈跟前辈说话的态

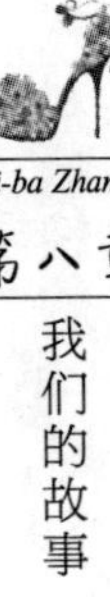

度吗？”既然她自称行里小辈，那他就用辈分来压她好了。

“普通的前辈，即使不是像你这么有身份的前辈，与小辈见的第一面，即便是不客气、不和蔼，也绝不会一见面就问他们的床事。”李若溪现在算是知道文峰那种固执、霸道、自以为是的个性来自谁了。不愧是父子，遗传基因果然是强大的。

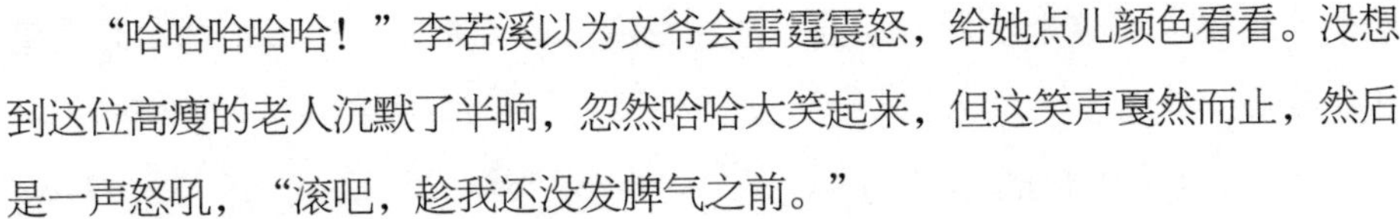

10

“哈哈哈哈哈！”李若溪以为文爷会雷霆震怒，给她点儿颜色看看。没想到这位高瘦的老人沉默了半晌，忽然哈哈大笑起来，但这笑声戛然而止，然后是一声怒吼，“滚吧，趁我还没发脾气之前。”

李若溪自然求之不得呀，转身便要走。但坐在她身边一直都没作声的文峰忽然伸出了手，这次，他准确无误而又结实有力地抓住了她的手腕：“等一下。”

文峰抓住李若溪，脸对着文爷，一字一顿地说：“父亲，如果我一定要坚持呢？”

“坚持？什么坚持？坚持认为你需要这样的女孩做妻子吗？缺乏教养，毫无风度，个性冲动，姿色平庸，性格甚至堪比泼妇，这就是你选择妻子的要求？”文爷语气讥讽，字字带刺，“为了这样的女孩，你就要放弃对我的承诺吗？就要辜负我这些年对你的偏爱吗？”

“我妈妈从小就告诉我，教养只给有教养的人。对没有以有教养的态度对待你的人，可以收起自己的教养。文峰老师，你们的事情你们自己商量，我可以先走吗？”李若溪心里觉得憋屈死了。一个文峰就够她头痛的了，现在还要加上一个硬是要把她搅进困局里的文爷。她最近是不是要去改运？这也太背了。

“不想我被气得爆血管就让她走。”文爷是真的觉得自己的眼睛都有点儿花了，这女孩骨头真是硬，嘴巴也利。

文峰有一种错觉，如果他现在放开李若溪，就再也不会有机会了。于是他放开之前，手竟加重了力道，捏得李若溪觉得自己的手腕都要碎了。所幸，文峰还算有理智，几秒钟之后，他放开了她，李若溪下意识地用左手握住被捏得通红的都有点儿麻木的右手，转身离开，步子迈得很大，很快，头也不回。

她什么时候为他回过头？文峰看着她决绝的背影，这个想法忽然涌上了心头，不禁悲凉。

“我不喜欢这样的女孩。太强，有刺，会很痛。”文爷对慢慢坐下脸色颓然的文峰说，“这世上再也不会有你妈妈那样的女人了，像水一样清澈，温婉，安静，始终如一。”

“妈妈会喜欢她的。”文峰说。

“也许。”文爷并未反对，他想念文峰的母亲，更因此知道，如果一个男人没有权力，将是多么可怕的一件事，“也许你现在觉得，只要和她在一起，你就会幸福。她也是如此。但是现实会告诉你，这是错误的想法。一个男人，如果没有强大到足够保护自己的女人，爱情永远都只是空谈。我告诉过你，公司现在是非常关键的时期，撑过去，就是一个打不倒的帝国，如果过不了这关，便是灭顶。你帮我的同时，也在帮你自己。等你足够强大了，你想要什么都可以，但是现在你如果要了自己不能要的东西，带给她的就只有伤害。”文爷看文峰没作声，又加了一剂：“不是吗？我听说她在与你一起的剧组里，日子并不好过。”

文爷的这句话，像一把利刃彻底刺中了文峰，文峰的脸色“唰”地白了。没错，就目前而言，李若溪和他认识后的日子，并没有变得更好过。

第九章 上位的代价

思琪真的红了。李若溪没想到，她们四个人中，最先被人们熟知的是思琪。

1

悦和酒店十八楼九号桌，高瘦霸气的老男人与俊秀雅痞浑身都是明星气质的年轻男子面对面坐着，被包场的整个大厅空无一人，但气氛却充满了火药味。

“你也明白，资金链断裂，对于想扩大发展的公司来说是致命的。情况没有你想象的轻松。你必须来帮我。”文爷的脸很严肃，虽然他一直就很严肃，但他非常希望儿子能意识到这绝非儿戏。

“我怎么帮你？和能解决资金断裂问题的女人联姻吗？就像你和大妈一样？”文峰可以拒绝去想与李若溪有关的将来，但并不代表他愿意为了老爷子的公司与一个陌生的女人联姻。那样的婚姻，老爷子就已经给他展现了一个惨痛的失败例子。

“娶一个更有教养的女人对你并没有坏处！小门户出身的女人永远不能与上流社会的女人相提并论！真正的家族修养需要金钱与历史！”老头这才发现，这小子远比想象中更难以说服。

“大妈没有教养吗？但是我妈死了。死于一场不明不白的车祸。”文峰非但未退让，反而针尖对麦芒地一刀刺向老头的伤处。

“但我这些年来只与你一人过日子！”老头已似受伤的狮子般低吼，多年来他避讳与儿子谈起爱人的死去。他知道以他的聪明，总有一天会知道真相，但只是不知道当他揭穿真相时，难受的程度远超他的想象。

“是的。所以我才忍着过没有妈妈的日子。”文峰说完这句，看着爸爸灰白的脸色，有些不忍，“我先走了。我只是不想让我孩子的人生像我的哥哥，或者像我。”

文峰走后，文爷维持着原来的姿势，很久都没有动一下。他最爱的儿子，揭开了他这么多年来掩着密不透风从不见光的伤口。这个伤口仍血淋淋，痛得他动都不敢动。

郊外一处静幽的大宅里，端庄优雅的文夫人正在插花，文杰本来躺在沙发

上接电话，忽然坐了起来："什么？你说爸爸约见那女孩了？在哪儿？能听到讲的是什么不？"

"我说过很多次了。别激动。人要沉得住气，才能做成大事。"文夫人嘴上慢条斯理地说着话教训着儿子，专注地看着花瓶的眼神动都没动。

"妈，我等了三十年了。"文杰嘴上反驳着母亲，但依然听话从容地坐回沙发上继续讲电话，"一点儿都听不到他们讲什么吗？好，我知道了。"

"妈，爸爸约那女孩见面了。文峰和她一起去的。但没多久那女孩就一个人离开了，爸爸和那小子待在那儿聊了一会儿才离开。对方说看到爸爸的脸色不太好。"

"他肯定是对那女孩放狠话了，所以女孩就跑了。但他和文峰谈的，肯定不只是文峰与那女孩的恋情那么简单。公司去年年底开始进军房地产，但房地产这块蛋糕不是想吃就能吃得到的。你让人查一下，资金是不是出了什么问题。"文夫人仍然专注插花，说话的语气仍然温柔和蔼，但很明显，文杰很听话地就去办事了。

"文颂德，我们纠缠到底吧。"儿子走后，文夫人放下花，轻轻地说。

2

夜已深，酒吧里。乔姿开了第二瓶酒。最近她只要空下来的晚上，就全都和酒泡在一起。

一个面容娇好、身材火辣的单身女子在深夜酒吧里独自喝酒，自然会引起不少男人的注意。但乔姿像有毒刺的玫瑰，搭讪的全被讥讽了。有个胆儿大的想来霸王硬上弓，结果，被受过柔道训练的乔姿送了一个过肩摔。

第二十个。文杰一直坐在暗处，悄悄地数着被乔姿拒绝的男人的数量。他打量着乔姿，确实美貌。他这些年来在女人堆里摸爬滚打，以乔姿的美貌，也是数得上来的好姿色。但这朵美艳玫瑰看起来刺儿真是不少。她已经把第二瓶酒又喝下去一半了。文杰看看表，凌晨了。他起身，走到了乔姿旁边，坐下。

“滚。”乔姿只给了他这个字。

“我没要怎样。你今天喝得太多了。一会儿要是喝倒了，把你送回去。”文杰微笑着说，不乏真诚。

“你谁呀你。”乔姿没加理会。反正她只要不搭理他，对方觉得没趣，自然就会走。但文杰和其他的男人居然不太一样。他真的就只坐在那儿没怎么动，偶尔喝点儿酒，连话都没再说。乔姿记得后来自己真的喝晕了。而这个叫文杰的男人竟然老实地把她弄上了一辆出租车，说了一家酒店的名字。乔姿有想过反抗之类的，也想过会有危险之类，但她已经没有力气反抗了，于是怀着死了就死了的念头睡过去了。

清晨，乔姿在酒店的床上醒过来的时候，发现自己连衣服都没换，身上也毫无与男人彻夜狂欢的不适感。这让她对昨晚的男人虽仍无好感，但少了些排斥。

与此同时，文杰在另一间房里打电话。

“下次你应该直接把她送回乔家。”电话那头的文夫人如此教儿子。

“为什么？”文杰不太明白，按他的想法，女人直接睡了就好办了。

“因为乔小姐的父亲出身低微，他一直期望女儿能够像名门贵女那般嫁入望族。有这样期望的父亲就算女儿喝到烂醉也不希望她在外面过夜。乔小姐是很重要，但乔小姐的父亲才是乔家掌权人。”文夫人深思熟虑。

“知道了。那我现在要怎么做？”文杰问母亲。他现在对母亲越来越崇拜了，那脑子简直太好使了。

“现在去给乔小姐送套新的干净衣服和早餐，在她离开之前送过去。”文夫人明白如何让一个女人解除敌意了，那就是做些让她觉得需要的细微贴心的事，女人对顺从自己的人才不会产生敌意。

“遵命，妈咪。”文杰心里虽并不是太情愿，却满口答应下来。做细心体贴千依百顺的男友，这就是妈妈给他的定位。但那样真的就能攻下乔姿吗？

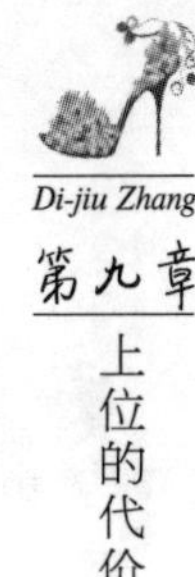

3

“李若溪，帮我去买一份汤面。我饿得胃痛。”乔姿把李若溪叫了过去，开始吩咐她做事。

“一会儿还有我的戏，要不你叫助理去买吧。”李若溪已经对乔姿的这种行为无力了。这部剧已经拍了一多半，拍摄场地从湖边换到了室内又换到了商场，现在换到了影视城，可乔姿还是坚持不懈地给她使各种小绊子。因为据说文大少爷只给了剧组一个月时间，前期全都在赶文峰的戏。文峰在的时候，乔大小姐是乔大制片火气大还可以理解。因为文峰就是个唯恐天下不乱的人。乔姿看什么生气，他就做什么，一点儿都不管小受气包李若溪是怎么挨过来的。现在文峰的戏已经完成了，不再来剧组了。可乔大制片还是逮着空儿就折腾她。

“助理不在。若溪，你帮我买吧。我昨晚喝多了，胃痛。”乔姿半是哀求。她就吃定李若溪讲义气，在朋友面前个性就只有一个字：面。她没再当李若溪是朋友，但她知道，李若溪还当她是朋友，不然也不会还在这儿待下去。

“要什么味的？”李若溪无奈地问。

“鸡腿汤面，不要香菜！”乔姿笑答完又皱眉，“若溪，我真的很饿。你能不能快点儿？”

于是李若溪就一路小跑。今天苏若明没在，这家伙演戏没什么起色，但最近好像很多人请他去拍时尚杂志的照片，也就忙得没空天天跟在李若溪身边了。

街边一家面馆，李若溪点了一份鸡腿汤面，坐在一张空桌子前等。旁边桌上几个一边吃饭一边玩手机的年轻人的聊天引起了她的注意。

“哇哦，好火辣。”

“身材很正哦，叫什么名字呀？”

“我在网上查了一下，叫思琪！这是炒作！因为这美女马上就有一部三级片要上映了！”

“真的吗？叫什么名字！我要去看！”

“兄弟，不要这么肤浅。你去看三级片，要是被你暗恋的女神知道你就彻底死菜了。”

“兄弟，男人的本性就是好色。咱不虚伪。嘿嘿。”

思琪？她的片子已经出来了吗？李若溪赶紧把手机掏出来打开网页，只见微博头条上就是“神秘艳照流出”！李若溪点开一看，脑袋都有点儿蒙了：那不就是思琪吗？

“您的鸡腿汤面。”

“谢谢。”李若溪一边拨打思琪的电话，一边提起面离开，但思琪的电话一直没有人接。

一回到拍摄场地，李若溪就找乔姿说这事：“姿姿，今天的新闻你看了没？思琪出事了。”

“她那叫出事吗？她那叫出名了好不？”乔姿接过汤面，不以为意地说，然后眉毛又一皱，“不是说不要香菜吗？真讨厌。”

“姿姿，思琪是我们的朋友。”李若溪对现在的乔姿就快无话可说了。

“那又怎样？天下无不散的宴席。”乔姿无所谓地看自己的指甲，“好饿呀。”

4

“你饿得不够，真饿，就不会看着饭还说讨厌。”李若溪脸一凛，“我很难过你变成了这样。”

“你很难过？你有什么好难过的？你什么都不如我，却拥有了我企望不及的男人！”乔姿也非常生气。

“男人对于你来说是什么？是一切吗？在我看来，不过就是个男人，连我们在一起的一个小时的快乐都比不上。”李若溪确实是这么认为的，她承认她是对文峰有好感，但不觉得非他不可。男人从不是她生命中的一切。

“那是因为你得到了他的情有独钟！得到的人永远有资格嘲笑没有得到的人！”乔姿恨意更浓，李若溪这是在向她炫耀吗？

“姿姿，我没什么好说的了。你不再是以前的你了。”李若溪真的感觉失落。

“我庆幸我不是以前的自己了！”乔姿差点儿都要叫出来了，“我不像你。你还是以前的你，装圣母！装善良！你就继续做你的圣母吧。你不知道你做圣母的样子有多可恶！”

“我非常抱歉令你不愉快了。为了不再给你添堵，我去别的地方装圣母。”李若溪说完又加了一句，“对了，记得把你这些天买咖啡和买各种东西的钱算给我，一共九百八十三块！圣母打折，可以去掉零头，你给我九百八十块吧。”

“李若溪！你！”乔姿看着转身离开的李若溪，气得快说不出话来，电话刚巧在这时候响了，她的火气就冲电话去了：“喂！”

“小乔，怎么了？谁惹你不开心了？”给乔姿打电话的是文杰，自从那天他把乔姿送到酒店第二天一早又是送衣服又是送早餐，之后又如此护花了两三次，可算要到了乔姿的电话，之后就经常打过来嘘寒问暖地摆明了追求攻势。

“找我什么事！”乔姿火气没下来，继续对着电话吼。

“你昨晚又喝迷了。早餐吃得少，我想问你这会儿饿不，想吃什么我给你送过去。”文杰脾气很好，还安慰她，“有什么事你都别生气，生气对身体不好。想出气找我就行，随传随到，任打任骂。”

“给我送碗面过来！”乔姿对文杰的犯贱样挺满意，特别是知道了他是文峰的异母哥哥之后。

“好嘞！明记的鸡腿汤面，不要香菜！你等着我啊，二十分钟后到！”电话那头答应得非常愉快，乔姿的心情稍稍平复。她没觉得自己说得有错，一大早她就知道了思琪艳照流出的事情。乔姿一眼看出这都是思琪的经纪人吕右安排的，炒作嘛。再说了，思琪接拍了三级片，不就是为了红吗？今天这头条一出，到处都是谈论她的声音，这不是很好吗？下月电影上映，票房再保证一下，就真红起来了，有什么不好。她李若溪以为谁都像她呀，在这鱼龙混杂的圈子里玩儿什么圣母，真可笑！

剧组的另一个角落里，李若溪在给思琪电话留言：“思琪，我是若溪。收到留言的话就联系我吧。我们见一面。”

5

李若溪是真的担心思琪。虽然思琪走的是和萌萌一样的路子，但是思琪的内心远没有萌萌强大。其实乔姿说得没错，在这圈子里像自己这样坚持原则的人还真的是很可恨又很可怜。李若溪知道，现在的思琪心里一定很难过。

李若溪没郁闷多久，苏若明的电话就打过来了：“下午我没事。晚上到你家去给你做饭吃吧？”

“不用了。我知道你现在忙。”李若溪是真的挺为苏若明高兴的，就他的脸蛋和身高，在影视圈里不红，在模特界也是出色的，现在已经开始有不少人请他拍杂志走秀了，是个好的开始。

“我不忙。再说了，忙也得吃饭哪。今晚几点收工？我买好菜到你楼下等你。”苏若明知道李若溪今天心情肯定不太好。他知道思琪是李若溪的朋友，昨天半夜思琪的艳照新闻一出来就红透了网络，今天连新闻都提到了这事。李若溪应该都知道了。这丫头别看好似没心没肺的，心里对朋友是一根筋儿地厉害，这会儿肯定在替思琪难受呢。

“今天下午三点后我就没事了。我想去找思琪。”李若溪说。

“好，我陪你去。你在哪儿？三点我去接你。”苏若明自告奋勇做司机。

“成吧。”李若溪没再推辞。但遗憾的是，他们没有找到思琪。再打思琪的电话，已经关机了。苏若明不知道从哪里找来了思琪经纪人吕右的电话，打通了，但是对方说，思琪出国散心去了。

“这货在圈子里的名头谁不知道？什么出国散心！肯定是被他安排着陪哪

个富豪玩乐去了吧？”苏若明说完，看李若溪脸色沉重，便安慰道，“别想太多了。思琪不是小孩子，也不是新入这行，她心里有数的。”

“没有哪个女孩希望自己成名的方式是脱光了衣服让世人看。某明星得奖的时候还说要把过去脱掉的衣服一件一件地穿回来呢。可脱掉的衣服，想穿回来也没那么容易。”这也是李若溪一直坚持自己的原因。她想自己的梦想里尊严。

接下来的两周里，思琪的新闻一直不断，甚至已经引起了当局的注意，紧接着，原定七夕上映的思琪的那部据说尺度很大期待值很高的电影被无限期推迟了上映时间，接着有爆料说：思琪的身材超正，功夫很好，当年在KTV里一人独战多个壮男。

李若溪看到这条新闻的时候，牙齿都快咬断了。但李若溪也知道，这些都是有人有意安排的，为的就是让思琪火起来。

而思琪也真的火了。艳照流出，新片被禁，艳情新闻，也许是观众越得不到越想看的心理吧，那部电影的片花和预告片都在网络里大热，思琪一连两周都占据了搜索头条。

思琪真的红了。李若溪没想到，她们四个人中，最先被人们熟知的是思琪。虽然是以这样的方式，但李若溪真的看到了思琪出现在闪烁不断的镁光灯下的样子。真的很美，像极度盛开却马上就要颓败的玫瑰，艳丽到即将糜烂。

6

思琪是在KTV艳情新闻出来后第三天半夜来找李若溪的，李若溪从剧组回来得晚，思琪就在黑暗的楼道里坐着，楼道的感应灯一亮，坐在楼梯上的思琪吓了李若溪一跳。

思琪脸上浓妆已残，衣服有些凌乱，胸口有几处隐约的齿痕，不知来这儿之前是否经历过什么。李若溪伸手把全身慵懒无力的思琪拉起来，给了她一个拥抱：“吃饭没？一起去吃点儿东西吧。”思琪无力地点了点头。

两个人在离李若溪住的小区不远处的一个大排档坐下后，思琪没忘记拿出一张湿纸巾把脸上的残妆都抹掉。思琪的脸很小，眼睛大，嘴唇厚，本就是张风情艳丽的脸，不上妆还好点儿，上了妆，自己都觉得写满了风尘。

“萌萌也住在附近，把她也叫出来吧。我们好久没有一起吃东西了。”李若溪说。

思琪点点头，李若溪打了电话。萌萌的声音明显不对，旁边还有男人的声息，李若溪只得说没什么事就挂掉了电话，思琪看着李若溪了然地苦笑：“有男人在旁边？”李若溪点点头：“没事，我们下次再聚好了。”

“也好。”思琪给自己倒了一杯酒，也给李若溪倒了一杯，“听说姿姿现在做了制片人后大小姐脾气也上去不少，给你不少气受吧？”

“脾气是大了不少。不过也没什么，不跟她计较就是。若不是她，我哪里来的演女二号的机会？说不定现在还在演死尸呢。”李若溪是真的不觉得值得计较，但是，乔姿真的跟以前不一样了。以前的乔姿，至少还是真心关怀朋友的。

“她已足够幸运，有那样的家境，还有肯支持她的父亲。不似我们，必须用身体去交换。不对，若溪，你没有，你是最坚持自己的一个。你甚至连恋爱都不谈。你连文峰那样对你有意的男人都不要，姿姿一定是因为这个气坏了吧？换作我，一定坚持不了。别说是像那样长相能力地位都优秀的男人，就是个渣儿，只要觉得他可能帮助我在这个圈子里上位，我立即都能把衣服脱了。”思琪一边说，一边一杯一杯地喝啤酒。

“你脱了有料，我脱了只有排骨。哈哈，看都没人看。”李若溪自嘲。

“萌萌与你身材相似。据说她在男人圈里很受欢迎。”思琪浸淫在各色男人身边已久，圈里有些男人以睡过多少女人为荣。萌萌的名字，思琪都在不同的男人嘴里听说过。

“我们的个性不太一样。”李若溪不是不知道萌萌的做法，她曾为此扪心自问，自己是否能像萌萌那样做。答案都是一样的：她不能，真的不能。

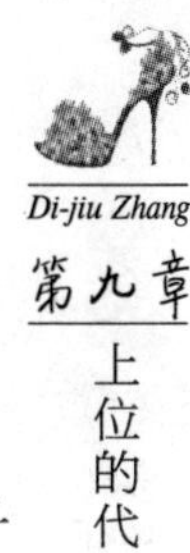

7

李若溪和思琪喝着喝着就有点儿多了。思琪一边喝一边痛骂，痛骂这圈子里为什么会有这样的规则。李若溪也跟着骂，两个人都骂得很尽兴。

两个人都没有想到，她们痛斥娱乐圈潜规则的视频在她们互相扶着唱着歌离开大排档时就被即时传上了网络，标题也很劲爆：禁片艳星痛斥娱乐圈潜规则，多名圈中大腕名字被提起。

第二天一早，苏若明的电话先到："李若溪，你没事吧？你在哪儿？"李若溪宿醉后的头痛未退："在家呀，怎么了？"

"马上离开家。昨晚你们在大排档的事情已经被上传到网络了，才三个小时点击量已经过百万了，八卦记者可能马上能找到你家，马上离开。我现在正在赶过去接你的路上，我们路口见！"

"什么？"李若溪不完全明白是什么事情，但她转头看到了还熟睡未醒的思琪，昨晚她们喝高了口无遮拦地说了什么她是不太记得了，但肯定不是什么好事儿！李若溪一边穿衣服，一边摇醒思琪："思琪，快醒醒，出事了，我们得马上离开这儿。"

"又怎么了？"思琪头也很痛。

"昨晚我们喝多了，不知道说了些什么，被人拍了视频传到了网上，苏若明刚才打电话来说，事情很可能闹大了。"李若溪打开衣柜把自己的干净衣服扔给思琪，"快换上，我们得快走。"

两个人正穿着衣服，苏若明的电话又打进来了，"若溪，速度快点儿！小区大门已经有记者了，你们楼下好像也有一两个。"

果然，李若溪和思琪刚到楼下，马上冲出来一个拿着相机的男人，"思琪小姐，网上视频中你所说的都是真的吗？能不能给我们提供更详细一点儿的信息？"

思琪闭紧嘴巴，拉着李若溪快步往小区门口走，那人在后面跟着不断地拍照，李若溪有点儿蒙，刚到小区门口，又有几个拿着相机的男子窜出来，"思琪小姐，我们是××杂志的，如果你愿意给我们独家，我们会付给你一定费用！”

“思琪小姐，请问你提到的×导演真的是性虐待狂吗？”

“对呀，思琪小姐，还有某富商，真的是火箭侠吗？能不能给我们说得详细一点儿？”

问题越问越不堪，李若溪觉得简直没有办法再听下去了，幸好，苏若明冲过来，以身高优势帮两个人半挡半拉弄进了他的小破车里，苏若明的小破车这次也没抽风，顺利点着了火起步，把拍着车窗玻璃的几名记者都给甩在了车后面。

8

车开在路上，看到后面已无追兵，苏若明见李若溪和思琪的情绪都不高，开始对她开玩笑：“李若溪，吓傻了？就你这胆儿哪成啊，等你红了，天天都是这阵势。”

“思琪会怎么样？”李若溪无心开玩笑，问苏若明。思琪脸色惨白，她觉得吕右这次绝不会放过她。

“这视频估计很快就会被人为沉下去。你们俩聊天的内容也太劲爆了，虽然那些料大家都知道，但有人真这样爆出来还是首次。影响很恶劣，他们不会让这种恶劣影响继续下去的。只是思琪可能会遇到一些麻烦。”苏若明也听说过吕右的名声，不是对待底下明星宽容的人。

思琪没作声，用苍白冰冷的手指拿出手机按了开机键，吕右的电话几乎在第一时间打了进来，“思琪，不管你在哪个角落，现在马上滚来见我！”

吕右工作室的楼下广场，李若溪想陪思琪上去，但思琪拒绝了。李若溪等在车里，坐立不安地问苏若明：“他们会打她吗？”

“至少一个耳光是避免不了的。”苏若明老实回答，看到李若溪像炸了毛的猫咪一样要马上奋起，又安慰说：“但顶多也只是一个耳光。不至于杀人

的，你没看到呢，那么多的记者在楼下看着她进去了，吕右胆子再大，也不会对她怎么样的。吕右最近肯定利用思琪赚了不少钱，看在那些钱的份儿上，他不会伤害思琪的，至少身体上不会。”

李若溪等了两个小时，思琪才接了她的电话：“若溪，你先回去吧。我没事。”

李若溪听着思琪的声音还挺正常的，但还是免不了担心，“真的没事吗？你现在不能和我一起走吗？”

“一会儿还有记者招待会，我走不开。我真的没事，不用担心，你先走吧。”思琪坚持这样说，李若溪也只好挂断电话。过了一会儿，楼下守着的记者真的就被人叫进去了。李若溪不肯离开，想等到记者招待会开完后看到思琪再走，苏若明也只好陪她等着。

但李若溪又等了一个小时后，记者们都离开了，思琪也没有出来。李若溪一急，就冲上楼去了。苏若明见状，也只好跟着。奇怪的是，一路上居然没有保安拦着，推门进去，见思琪好好地在沙发上坐着，心才放下。那个吕右也在，看着李若溪说：“李小姐，思琪做错了事，违反了合同条约，我还没走法律程序，只叫她坐在这里静思已过，这都不行吗？”

李若溪确认了思琪没事，心里才松了一口气。两个人回去的路上，李若溪心情不好沉默不语，苏若明安慰说：“没事的。视频很快就会在网络上消失。人们很快就会遗忘这件事情，思琪顶多会被安排出国几个月，不会有什么事的。真的，我保证。”

“你能保证什么呀，专心开车吧。”李若溪心情是真低落。

“哦，对了，有个小角色你接不接？是一部新剧。你那部剧快拍完了吧？”苏若明转移话题。

“什么样的角色？”李若溪总算来了兴趣，“苏若明，想不到你混得不错呀，这会儿都能帮我接角色了！”

“那是。我是谁呀，天下能有几个比我帅的男人啊！”苏若明嘴上得意地应着，开怀于李若溪不那么低落了。

9

“对，就你帅。”李若溪觉得苏若明这人挺好的，就是自恋加嘴欠，“是什么剧，你怎么知道人家会不会用我？”

“那个副导演我认识，他现在负责一些小角色的选角。以前只拍时尚杂志，不知怎么跑去拍电视剧了，对了，总导演是张导演，你知道吧？那个传说中的造星神手，女主角逢他的剧必红。据说他爱拍着拍着改剧本，编剧们都恨他恨得牙痒痒，但是人家名气大，再多怪癖也得忍着。”苏若明说着开始憧憬，“这就是名利圈啊，谁的名气大，谁就有权力。我什么时候也能这样就好了。到时候，所有和我配戏的，非要李若溪，不是李若溪就不行。哈哈。”

“苏若明，少做梦对你有好处。”李若溪对此人的幼稚深感无力，还是说回正题的好，“试镜要有什么准备吗？”

“剧本里说的是女二号的好友，大概是女五号女六号的那种角色。”苏若明说完提议道，“反正下午也有空，不如一同过去找他吧，能确定的话把剧本拿过来看看。”

“成。”李若溪说。

“好嘞，出发。”苏若明忽然又想起什么，“有一个消息你应该有兴趣。你那位朋友萌萌，就是这部剧的女二号。听说已经定下来了。到时候你们俩应该会合作愉快，朋友演朋友，不是什么难事。”

“真的吗？”李若溪说，“萌萌总算有机会了。”

“你不羡慕妒忌吗？”苏若明开玩笑地问。

“羡慕啊。”李若溪是真心羡慕，毕业这一年来，大家还真的是都有了进步，乔姿做了制片人，还是女主角；萌萌也靠自己打拼到了不错的机会；思琪现在已是街知巷闻。想来，最没出息的就是自己了，现在还在靠苏若明介绍角色呢。

而此刻，被李若溪羡慕着的萌萌正脸色惨白地坐在一位著名的妇科医生面前，拿着化验单的手抖得都快拿不住那张轻飘飘的纸了。

那位面色和蔼的中年女大夫摘下眼镜，看着萌萌，继续劝说："你看，报告单上都说了，你有严重的贫血和重度宫颈糜烂，你的身体状态实在是太差了，这手术真的不能做。否则即使保住了命，你也得在床上躺几个月才能正常活动。如果不做手术，还能趁怀孕期间休养。你这种情况，怀孕反而是好事，怀孕所产生的激素和荷尔蒙反而能帮助你。孩子是上帝给的天使，也许他就是来帮你的，你何必一定要打掉他呢？我不建议也不会给你做这个手术。我相信你既然来挂了我的号，也是相信我的专业。我是全城最好的妇科医生，这也是你来找我的原因，不是吗？"

"我知道。"萌萌还是想坚持，"但是大夫，如果我做这个手术，真的有那么危险吗？"

"以我的专业判断，你绝对不能做这个手术。虽然现在医学昌明，但手术台上一尸两命的事情也有发生。我不能拿生命开玩笑。"医生也非常坚持。

10

"即使我不做这个手术，我也必须工作。以我的工作强度来说，我保得住这个孩子吗？"萌萌不想说，她不想要这个孩子的原因不但是因为影响她的工作，还因为她根本不知道这孩子到底是谁的种。按时间来推算，那几天，她每天都有男人。更可怕的是，其中有一天的男人中，不但有文峰，还有几个她都不认识的男人。她这样的女人，有什么资格做人母亲？

"只要稍微注意休息和营养，应该不会有什么问题。"医生很高兴，这个顽固地想做人流手术的女子终于动摇了。

走出医院的时候，萌萌的脸上都是决绝。合同已经签了，此时她已经绝无回头路。而且这是张导演的戏，就算她不会红，也会是以后接戏时一个拿得出手的资本。她是绝不会放弃这个机会的！而上帝帮她的是，剧本里的角色，她就是演一个孕妇。与其演一个假孕妇，她就来个假戏真做好了。入这行的时候不就是这样想过了吗：不是红，就是死！

通过试镜，李若溪顺利地接下了那个小角色。李若溪签合同的时候，觉得自己真的是有些作。自己一直不愿意接受文峰的帮助，却坦然接受苏若明的帮助，这是为什么呢？是因为文峰更重要还是因为文峰更不重要？

这部新的电视剧资金到位，导演是名家，编剧也很给力，很快就开拍了。乔姿那边的剧组也临近结尾，李若溪两边跑异常忙碌，也无暇去顾及思琪那件事为何很快在各媒体上销声匿迹了，觉得只要思琪人没事就好了。

李若溪是第一个发现萌萌怀孕的人。

起初李若溪只是觉得萌萌也许是入戏太深了，但多观察了几次之后，李若溪发现萌萌是真的在干呕。

萌萌再一次忍不住跑到角落干呕的时候，李若溪跟了过去，轻轻地拍她的背，然后把手里的纸巾和水递给她："你真怀孕了，是吗？"

"李若溪，别问，成吗？"萌萌喘着气，努力克制晕眩的感觉，李若溪赶紧扶住她，"工作强度这么大，你真的不要紧吗？"

"别告诉任何人。"萌萌咬着嘴唇提出要求，"就当我求你。李若溪，我求你，别告诉任何人。"

"可是你看起来真的很不好。"李若溪不由得担心，这个剧组是一个虚弱的孕妇能待的地方吗？这是把女人当男人使，把男人当牲口使的地方，那种工作强度连普通人都觉得吃力，萌萌真打算撑下去吗？

"李若溪，你知道我得到这个机会有多么不容易吗？我是绝不会放弃的。"萌萌感觉好点儿了，非常坚定地站直了身体，眼睛盯着李若溪，一字一顿地说，"如果你当我是朋友，那就帮我这次。如果不当我是朋友，你只要闭嘴走开就好。"

李若溪看着萌萌的眼睛，说真的，她一直不太了解萌萌，她太安静了，做什么事总是悄悄的，但是，现在她看到了她眼睛里的执著。李若溪的心一下子就软了，那或许就是另一个自己。

“走吧，到那边先坐着休息一会儿，马上就要到你的戏了。”李若溪扶着她说。

“别扶着我。我能走。”萌萌怕其他人看出端倪，强撑着自己走回了座位上。李若溪沉默了一小会儿，打电话给苏若明：“苏若明，这会儿有空吗？今天的戏在郊外，什么卖的都没有，你给我买点儿好的鸡汤送过来吧。”

“好的，下午刚巧没事。”苏若明一边答应一边纳闷：女汉子李若溪要喝鸡汤？什么情况？

第十章

你的心 我不能要

爱情在的时候，什么都好；
爱情一旦不再，什么都成了错。

1

剧组停车场。这几天抽空就拎着鸡汤来报到的苏若明刚下车，就看到了也刚刚从车上下来的文峰。文峰身边还跟了个丰胸细腰的小妞儿。苏若明的眼角抽了抽，扭头走了：他就是看不惯文峰这种自以为了不起的样子。有什么了不起的？除了李若溪喜欢他这一点了不起外，他还有什么了不起的？

李若溪喜欢的男人居然是文峰！想到这一点，苏若明就更生气了。跑到李若溪面前时，眼睛里都在冒火星儿了："这几天你是不是抽风啊，为什么非要喝鸡汤？"

李若溪有点儿莫名其妙。"苏若明，你吃炸药啦？"她接过鸡汤摸了摸温度，高兴地笑，"不错。汤还热着呢，你等我一会儿呀，我马上回来。"李若溪说完一溜烟儿跑了。苏若明在后面叫："喂，你跑哪儿去啊，你在这儿喝不行呀！"一边说着一边跟了过去。

李若溪把鸡汤递给萌萌，萌萌默默接过："刚吐完，不想吃，吃了也是吐。"李若溪拿起她的手把勺子放在她手里："就是因为吐了才要吃。快吃吧，趁热。吃完刚巧到你的戏。你现在需要体力。"说也奇怪，原本闻到点儿食物味道就想吐的萌萌这会儿也不觉得鸡汤味恶心了，捧着喝了起来。跟着李若溪过来没走近的苏若明看着这一幕气得都快跳起来了，等李若溪一走近就拉住她气呼呼地说："我大老远给你买的鸡汤，你凭啥给她喝呀！"

李若溪看着苏若明生气委屈无辜的样子觉得好笑，脚尖儿一用力蹦了下，伸手拍了拍这大长腿小孩的头，"哎哟，看你这委屈劲儿。我又没说是我要喝。你买都买来了，谁喝还不是一样。"

在李若溪蹦起时发丝掠过苏若明脸的瞬间，苏若明止不住地有些意乱情迷，心想如果这个瞬间能伸手永远抓住那该多好。只可惜女汉子李若溪在拍过他的头后就头也不回地跑开了，一边跑还一边向后挥手，"你有事先走吧。马上就到我拍摄了，我今天很忙！"苏若明伸手摸了摸刚才李若溪的手拍过的头发，嘴里喃喃地说了一句："这怎么能一样啊？"

“苏若明，谢谢哈。你快走吧。我今天很忙。”李若溪在远处叫，苏若明还想跟上去说什么，无奈工作电话不断振动，他只得一边接电话一边向停车场走去。

李若溪与苏若明的这一幕，正好落在不远处站着的一对男女眼里。

“那个女孩是谁呀？”亲热地挽着文峰手臂的女孩嘟着嘴娇声娇气地问，她刚从国外回来，第一次参加家族聚会就看中文峰了。没想到今天她去公司找他，他居然愿意带她一起出门，她高兴坏了，觉得姐姐们说文峰外表温和内在是冰山肯定不是真话，不然怎么肯与她约会，“不过那个男的我认识。他叫尼克，我在学校里见过他，他是个天才，不过人很低调。”

“嗯？”文峰眼睛里一直没当把身边这小妞儿当回事，只不过文爷要求礼貌对待，他才没轰人，但她后面说的这个信息还真引起了他的注意，“你在哪所学校读书？”

2

“哈佛呀，不过我学的是艺术，我喜欢歌剧。”女孩自豪地说。国内有钱人到国外读书的很多，但并不是所有人都能进哈佛，那是要有真本事才能去的学校。

哈佛高才生？来这儿跑龙套？文峰刚才因为看到苏若明和李若溪苦乐融融的画面而妒火四起的眼睛渐渐冷静了下来：看来，他综合起来的信息没错，苏若明根本不是个穷屌丝。但如果他是哈佛高才生，做什么不好，到这儿来跑龙套？真有这么热爱演戏？那货不会是为了李若溪才装成个屌丝假朋友之名行追求之实吧？

这个念头一出，文峰坐不住了，一把拨开女孩的手，“车钥匙给你，你自己先回去。我今天要在这儿忙到很晚，没办法陪你吃晚饭了。下次再约你。”

“呀？”女孩还没反应过来，文峰已经大步走开了。

文峰在剧组里转了一圈都没找着李若溪，反而碰见了萌萌，萌萌微笑着主动打了招呼：“嗨，文峰老师，有一段时间没见到你了。”

“嗯。”文峰也不想回避什么，直接问，“见到李若溪了吗？”

“不在化妆室吗？刚才还在化妆呢。”萌萌说完又加了一句，“要不要我帮你去找找？”

“不用了。”文峰拒绝，并礼貌性地问候，“你瘦了不少，最近还好吗？”

“是吗？我在减肥呢，剧情需要。我很好，文峰老师最近也很忙吧？”萌萌笑得像一朵甜蜜的花，装作毫无心机的样子。她相信自己的演技，但是，她也知道在这圈子里浸淫多年的文峰的眼睛有多毒。幸好，不管文峰的眼睛有多毒，现在他被李若溪蒙了眼，那一切就好说了。

萌萌又笑了笑说：“文峰老师，这里记者多，要不你在化妆室里等我吧，我去帮你把李若溪找过来。那丫头说不定又在哪个角落帮忙打杂呢，她都闲不住。”

“好。多谢。”文峰点点头同意了萌萌的提议。他来时已在现场发现了不少记者，公司现在不是吸引媒体目光的时候，还是尽量低调的好。

看着文峰转身进了化妆室，萌萌转身看不远处绿化丛中的一名记者，对方向她摆了个OK的手势，萌萌微笑离开，径直向小厨房走去。

剧组条件不错，弄了个小厨房，还有位厨师，给有怪癖的导演和大牌们用。李若溪这几天跟那个厨子认识了。刚才就跑到小厨房去了，说趁现在用小厨房的人少，先给她准备下晚上的饭。

李若溪有一个厨艺超绝的妈妈，她自己的手艺却实在不怎么样，但在那厨子的帮助下，做的东西也能吃，关键是萌萌吃什么都想吐，这几天就只有李若溪给的东西能吃下去，真是奇怪了。

萌萌进了门，刚巧看到李若溪端着她的饭盒走出来：“呀，你来了？刚做好，现在想吃吗？瘦肉粥。”

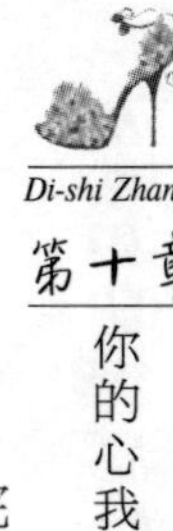

3

萌萌走近接过饭盒，“刚喝过鸡汤，现在不想吃。晚饭时再吃吧。”说完装作忽然想起什么似的对李若溪说，“哦，对，差点儿忘了。若溪，你到化妆室去一下吧。有人找你。”萌萌也没说谁找，心想李若溪也不会问。果然，李若溪问都没问说了声“好嘞”就跑出去了。萌萌看着李若溪的背影有一点点的发呆：这李若溪，是应该说她笨得过分还是少根筋呢？这样子她应该很容易被人骗的吧？但她傻乎乎地活到现在，人缘儿挺好，也没出什么事儿，然后看上她的男人居然还那么优秀。难道这个世界真的只有二愣子才交好运？

萌萌发着愣的时候，这边李若溪已经蹦跶着跑到了地方，一打开化妆室的门就说：“嗨，我是李若溪，谁找我？”

其实文峰没在里面等多大一会儿。化妆室里也没人，文峰百无聊赖地想拿出自己的车钥匙来玩，结果发现刚才他已经把车钥匙给别人了。文峰的心脏小小地惊了一下，因为那只旧旧贱贱的小黄人还在钥匙上挂着呢。他是得多幼稚，这么大个人，在车钥匙上挂一个小玩偶。自从他把小黄人挂到车钥匙上后，小张每次看到他拿出车钥匙开车时的眼神都像看怪物似的。甚至有一次还很委婉地劝说：“有些东西如果有纪念意义，就放在家里的抽屉里好了。在车钥匙上挂着玩偶的男人是不是有点儿太幼稚了？”他记得他当时的反应是马上停车把那货扔在大马路上自己开车走了。现在想想，李若溪什么时候长成他心里的一颗不能动的痣了？别说不能动，就是别人说一句都不可以。因为，他会真实地感觉到心脏的抽痛。

文峰这里正心心念念地想着呢，那个人就推开了门说：“嗨，我是李若溪，谁找我？”那张脸瘦了点儿皮肤晒黑了点儿，只有眼睛还是闪亮亮的黑，像深潭，掉下去就再也没有出来的机会。

“我找你。”文峰仍维持随意坐在椅子上的姿势没动，眼睛紧紧盯着李若溪，因为莫名的气氛，他的声音甚至有点儿喑哑。

“啊！”李若溪是真的吓了一跳，然后她站定，像遇到了危险浑身充满了戒备随时准备逃跑的小松鼠，“有事吗？”

“有事。”文峰看着她随时都打算一蹦老远地逃开的戒备，拍了拍衣服站了起来，又给她增加了一点儿压力，“李若溪，你知道不知道，我们两个人是什么关系？”

“啊？什么关系？”李若溪真给问蒙了。不过她还是很警戒，没错。站在她面前的这个男人又进入奇怪模式了，她一定要做好准备，别被他又绕到沟里去爬都爬不出来。

“真不知道吗？”文峰笑了。真的，不管他有多么重的心事儿，一见到她就觉得屁事儿不算，心情指数莫名地就能向上飙起。

“真不知道。”李若溪老实回答，她看着文峰那样千娇百媚地对她笑，笑得她莫名其妙，笑得她智商直线下跌，他又想干什么呀！

4

“我们是未完成情侣关系。”文峰走近李若溪，把脸向李若溪靠得很近，近到他都能看清楚她的眼睫毛虽然浓，但是没有他的长；近到都能看清楚她的墨黑眼珠里倒映的自己。文峰就那么盯着李若溪的眼睛，一字一顿地继续说，“我有三个理由支撑我的观点：第一，我喜欢你。这个不用怀疑。第二，你也喜欢我，你没有否认。第三，我们接过吻了。”

“我们没有接过……”那个吻字李若溪没有说下去，她马上反应非常快地伸出手捂住自己的嘴唇，她觉得如果她说出来，这个男人几乎马上就会吻过来，然后还很得意地说：“既然你觉得没有，那现在就加重一下记忆好了。”

文峰看着李若溪的样子，为她竟然知道自己要做什么愣了一下，随即笑了，伸手去使劲儿地揉了揉她的头发，然后用了点儿蛮劲，把身体僵硬的她硬拉进自己怀里拥抱住，低头把脸贴近她的头发，闭上了眼睛，低沉着声音说：“李若溪，咱别再坚持那些了好吗？你喜欢我，我也喜欢你，我们在一起，不行吗？”

文峰的声音低沉性感，甚至带着一丝哀求，像一张网忽然收紧，李若溪差点儿就无法挣脱。

“在一起又能怎样呢？”李若溪喃喃地用很低的声音说了一句，然后猛然用力把文峰推开，自己后退两步，嘴角微笑着，眼睛却是湿的，“你的身份与地位都决定你不可能选择一个籍籍无名的小演员做妻子。而我，我也会因为我的出身与地位与你格格不入。我不认为我的爱情能够伟大到只要和你在一起就够了。我不可能忍受我只是你的女人之一，也不可能忍受什么拥有你的爱情却要与别人分享你的人。是的，我非常自卑，我不相信什么灰姑娘的爱情。我知道灰姑娘到了城堡后，迎接她的将是因为身份地位低微而遭遇的嘲笑与作弄。即使我喜欢你，也没有喜欢到能够为你忍受来自你的世界的蔑视与嘲弄的地步。我的爱情只有一次，我要天长地久，我要一心一意一生一世。但你也知道的，你肯定不是那个人。”

“李若溪，你怎么知道我不是？”文峰差点儿就低吼了，这个女人的脑袋里装的是什么，木头吗？“你没有试过！你怎么知道我不是？你连尝试开始都不肯！”

“明明知道是悲剧，为什么要开始？”李若溪深刻记得的关于父亲的记忆，在得到母亲的钱的时候信誓旦旦成败与否绝不辜负，失败之后每天都在打骂母亲说他们母女是寄生虫吸血鬼。爱情在的时候，什么都好；爱情一旦不再，什么都成了错。对，文峰现在对自己是好奇，是因为得不到而觉得珍贵。但是，以后呢？再以后，她现在的出身、工作，甚至是过去，都会成为被嫌弃的缺点。到那时候，她如何独自在他的世界里撑下去？她不会撑的。与其到时尊严扫地，不如现在坚决斩断。

“只要你相信我，就不会是悲剧。”文峰觉得眼前的李若溪又遥远了，她正飞速离去，他无能为力。

“但是，我不相信你。”李若溪说完这句话时，眼泪已经下来了，泪珠一颗一颗滴得文峰的心不断地颤抖，缩成一团，痛得不行。直到李若溪落着泪转身离开，他都痛得伸不出手去阻拦。就算拦了，他又拦得住吗？

5

大清早，文峰的办公室门外。小张快步跑进来，悄悄地问琳达："老板来啦？"琳达把手里的文件递给他，"也帮我拿进去。今天办公室气压全线降到零下，据值班保安说，老板天没亮就已经在办公室里了。而且，心情很糟糕。"

"呀？完蛋了。"小张倒抽了一口冷气，不知道自己该不该进去，因为老板让自己去调查的事情简直就是雪上加霜火上浇油啊。

小张正犹豫着，琳达面前的电话响了，文峰阴森森的声音传了出来："告诉小张，他再不进来以后就不用来了！"

"老板！我回来了！"小张马上似装了小马达一样冲过去敲门。

办公室里，小张冷汗直冒地看着文峰翻着手里那沓文件，每翻一张脸就多黑一分，等文件翻完后，眼见整个办公室都要暗掉了。小张努力管住快打结的舌头试图安慰："那都过去啦。"

文峰把文件扔了过去，"自动把里面的女孩脑补成琳达！"

一说到琳达，小张马上就奋起了，"让我找着那两个人渣，我抽不死他们！"小张说完，觉得老板的脸色好像好看一点儿了，于是又打蛇随棍上添了句，"不过他们一个现在过得很惨，另一个早挂掉了。"

"出去吧。"文峰冷着脸开始看另外的文件。现在他心里对李若溪的心痛稍稍抵消了被李若溪拒绝的痛。他亲耳听过她讲的关于她和她母亲的故事，但她讲的，远没有他调查到的资料令人震撼。或者是在这圈子里浸淫得太久了，他继承了父亲的习惯，每遇到一个人，必然先去摸他的底，调查一番。这习惯不好，但是他难以克制对李若溪过去的好奇。

一个连婴儿都会打骂的亲生父亲，一个同样暴力的继父，七岁之后与母亲相依独自度过的十六年。这就是李若溪的过去，她甚至从没有恋爱过。所以有

了这个看起来单纯的坚强的善良的却又长满了刺的女孩儿。那些刺来自她的内心对这个世界的极度不信任。但庆幸的是，即使长着这样的刺，她还是长成了一个善良美好的姑娘。

“你这是在发呆吗？我以为你很忙。”文杰在敲门的同时人也进来了，怀里还抱着一堆文件，“这些我全都看不懂啊，又不能乱签。你帮我成不？我最近在泡一个妞，有点儿忙。”文杰说着电话就响了，他赶紧把文件往文峰桌上放去接电话，“喂，姿姿，我马上到。知道知道，你别生气。生气皮肤会变坏。我马上就到，真的！”

6

文峰看着文杰手忙脚乱地放文件赶紧接电话的狗腿儿样，眼睛缓缓眯了起来。文峰眯起眼睛的时候，眼神就会变得更锐利，文杰挂了电话，面对文峰这样的眼神，有点儿悚，但还是挂上了他惯有的笑脸，“帮你哥这次，成吗？当哥求你了。那我走了啊。小妞恼了。”

“走吧。”文峰没有阻拦。他只是觉得，最近文杰在他面前的表现，虽说也符合他一贯的行事习惯，但总觉得有点儿夸张。

是因为什么呢？文峰把文杰拿过来的文件翻看了一下目录，有一半以上是关于公司影视投资方面的。这些算是公司的传统项目，做得久已成经典产业，有专业团队管理，一直没有什么大的问题。父亲向来不信任文杰，不会把重要的事情交给他。可文杰真的如他所表现出来的是个纨绔少爷吗？更何况文杰的背后还有着那样一个母亲。

文峰摇摇头，不再去想这些。他也希望家庭和睦其乐融融，但是他心底也很明白，在自己这样的家庭里，那根本就是不可能的事情。他和文杰的战争，迟早会打起来。

乔姿的剧组终于结束了拍摄。作为制片人的乔姿还有很多事情要忙活，但她最近夜夜要喝酒才能成眠。今早又在酒店醒过来，昨天的衣服全皱了，让文杰给送衣服过来半天都不到。文杰到的时候，乔姿直接就朝他的脸上扔了个枕头，文杰把枕头抓住，深深闻了一下说："姿姿睡过的枕头都是香的。"然后谄媚地把衣服送到更衣间，"快来换衣服吧，不是马上要去开会吗？我送你过去。早餐是现在吃还是在路上吃？"

"出去等我！"乔姿边下命令边裹着床单进更衣间去了。文杰看着她裸露的肩膀，心里狠狠地想，他总有一天要让她来求他。说心里话，每天他侍候喝醉的乔姿软玉温香在怀确实难耐，有时候真想提枪上马算了。但妈妈说了，要想得到最大的好处，就要等。好吧，他等。反正女人有的是。

乔姿最近过得比较混乱。电视拍摄是完成了，但接下来的工作还是忙碌。文峰没有再来过剧组，也许在宣传的时候他会出现那么一两次，但绝不是为了她。她的心里对他还是念念不忘，还是无法不痛苦。文杰的出现一方面让乔姿觉得对他呼来喝去发泄了一些痛楚；另一方面，也增添了她的痛苦。因为这个男人不是她喜欢的男人。他只不过是她喜欢的男人的兄长。

"姿姿，好了没？你的电话一直在响。"文杰在更衣间外敲门，乔姿把门打开，一脸霜雪地说出自己的想法："文杰，其实我挺讨厌你的，以后你别来找我了，看着烦。"

"可是我不讨厌你，我喜欢你。你讨厌我，我也喜欢你。"文杰觍着脸，极其温柔地说。

"我不吃这套。"乔姿"哼"了一声，接过文杰手里捧的电话按接听，"喂，你好。我是乔姿。"

文杰看着乔姿，心想，你不吃这套才怪，现在你都快对我不设防了。

7

早晨，文峰办公室。

琳达向靠在椅子上闭目养神的文峰报告近日行程："今天晚上七点半，和乔姿小姐一起出席与电视剧《深夏之吻》有关的一个电视访谈。"琳达说完这

句发现文峰的眉毛动了动，马上又加了一句，“这部剧乔小姐的宣传力度很大。据说第二主演李若溪小姐也会到场。”听到李若溪的名字后，文峰的眉毛终于回到了原来的位置，琳达心里暗暗嘀咕：她伟大的圣明的嘴硬的老板哪，到底有落在女人手里的一天了。

晚上七点半，电视台录制厅。

本来满怀期待的文峰到场后先是环视一周。他当然是在找李若溪，但在观众的第一排看到和其他演职人员坐在一起的李若溪身边，竟然又是苏若明，文峰脸上的笑容没变，但目光瞬间冰冷起来。

乔姿首先感受到了这种来自妒忌与愤怒的冰冷，但她尽量笑靥如花地坐在他的身边做温柔可爱美艳动人状。乔姿已安排好记者，今天之后便会出她与文峰的绯闻，若文峰责问，便说记者乱写，也可说推动了新剧的宣传。

“两位看起来真是般配。这部剧走的是清新偶像剧的路线，听说剧情非常动人哦。两位有没有戏假情真来了电呢？”那女主持人出了名的八卦，问题绕来绕去，都是关于文峰的感情问题。文峰的眉毛已经不屑地挑动了几次，这说明他已经不耐烦了。乔姿伸出手装作暧昧地拍了拍他的西装：“这个问题，让男士来回答吧。”一般男人如果按牌理出牌的话，要么沉默不语，要么撂挑子不干走人，但谁也没想到的是，外在完美内在痞气的文峰忽然伸出手把乔姿的手抓住，眼睛盯着女主持人放电，“你说呢？”

整个访谈一直冷冷淡淡的文峰忽然来了这么一出，不但乔姿吓得呆住了，连女主持人都愣了好一会儿才拿出了久经沙场的临场反应：“哎呀，两位好甜蜜呀。大家来点儿掌声吧，祝福天下有情人！”观众鼓掌的时候，文峰抓住乔姿的手，眼睛盯着李若溪，眼神不管不顾，像因为要不到糖而生气的孩子。

李若溪也在拍手，她的眼睛在看乔姿和文峰两个人。她看得出文峰这是在演一场幼稚的戏，她心里有点儿小难过。但又十分明白，文峰肯定不是真的喜欢乔姿，而乔姿那么喜欢他，这样下来，肯定是乔姿更痛苦地纠缠。

文峰没有在李若溪眼里看到妒忌，但他看到了她流露出来的难过，他觉察得到她的难过肯定不是为了自己。至少，不全是为了自己。文峰为此感觉失落，他松开了乔姿的手，微笑着问女主持人："恭喜你问到了很重要的信息，可以结束了吗？"女主持人开心得都笑出皱纹了，她知道自己会跟着这个新闻火一阵子的，"当然，当然，再次恭喜你们。"

8

文峰因新剧《深夏之吻》与女主演美女制片人乔姿首次公开承认恋情的新闻视频，几乎在文峰离开电视台的时候就上传到了网络，自然不意外地成为娱乐头条。乔姿是多么精明的人哪，其他关于乔姿的新闻马上就跟进了。什么富豪之女，最美女制片人，美貌与智慧并存。几天之内娱乐新闻里都是文峰与乔姿的事情，两个人主演的那部还没上映的电视剧更是炙手可热。

乔姿终于红了。她的新闻很长一段时间内占据了搜索热点。这时候最郁闷的有两个人：一个是正被文爷把报纸扔在脸上大骂的文峰，一个是萌萌。

文爷的愤怒自然来自文峰的行为，这可能导致公司的股价出现波动。

而萌萌，她是好不容易打通了记者关卡，偷拍了文峰来找李若溪时与自己似是而非的照片，想借与文峰的绯闻上位。可偏偏这时文峰在电视节目上公开承认了与乔姿的恋情。这时候的她再怎么折腾，也只是个小三儿。作为小三儿上新闻，还不如不上呢。萌萌觉得想吐血，可是又挣扎无门。

文峰的办公室，刚挨了文爷一顿训的文峰刚进门就闻到了乔姿的香水味，把脸转向琳达，以眼神质问之。琳达站起来，无奈地摊开手："那是老板你承认的女友，我总不能拦着她不让进去。闹开了可不好，她现在红，保安说楼下还跟着记者呢。"文峰没有说话，只是伸手按了按突突直跳的太阳穴，然后才开门进了自己的办公室。

乔姿就坐在沙发上，正在喝咖啡。看到他进来，也没有站起来，只是放下咖啡杯，说："我是来说谢谢的。托你的福，《深夏之吻》卖得很好，我现在也算有了点儿名气。"

“谢完了那就走吧。”文峰坐回自己的办公椅上，有一种打落门牙和血吞的感觉，非常不爽，但无处发泄。

“你帮了我这么大的忙，当作回礼，我就告诉你一个消息。”乔姿站起身，身姿袅娜地走到文峰的办公桌前，从包里掏出一张照片放在了桌面上，“苏若明是哈佛的高才生，之前是华尔街的黑眼睛神童。听说，苏家正在把他列入正式继承人。苏家。你一定知道是哪个苏家，对吧？你们还真是相似，都是私生子。不过，你是跟着父亲长大，而他是跟着母亲长大。”

“走吧。在我生气之前。”文峰眼睛都没抬，他觉得自己现在全身都处于不稳定状态，不太敢担保一定能遵守不打女人的原则。

他一直觉得那个苏若明不是个简单的人，他只是一直没有去证实而已。但证实或不证实又如何？现在李若溪允许站在自己身边的男人，是他苏若明，不是文峰。这个事实，让文峰觉得委屈，伤感，生气，妒忌，却无能为力。

9

拍摄现场，萌萌泪如雨下，没有台词地演一场要留住男主的戏。李若溪远远看着暗暗佩服，萌萌演得真的很好。她都被带入了戏里，难怪张导演现在很看重萌萌，这几天就像在磨萌萌的戏似的，力求拍到最好才喊停。李若溪有点儿担心萌萌的身体受不了。

“卡！非常好！”张导演对萌萌的表现很满意，现在娱乐影视都讲包装，新一代的年轻女演员里，努力的有，美貌的有，但有点儿演技也肯努力的却不多，萌萌勉强算上一个。

导演一喊停，李若溪马上跑过去，把仍然坐在地上泪流满面的萌萌扶起来，低声问：“你没事吧？”萌萌借着李若溪的力站了起来，拍拍身上的灰尘，轻声说：“我没事。你不要老是问。”她的肚子已经有一点儿隆起，她想一直隐瞒下去。而幸运的是，她演的也正是一个怀孕三四个月的女子。她看了剧本，这角色是一直到最后才生孩子的。萌萌觉得这是老天也在帮她了。现在她非常认真，她知道张导演已经看到自己了，这几天有意无意地都在磨她的戏。如果真幸运的话，说不定她就会取代原来的女主角成为主角。原来的女主角柳依一是选秀出身，有名气但没演技，又在剧组经常耍大牌，张导演嘴上虽然没说，但心里很烦她。

李若溪跟着萌萌回到座位看她坐稳，马上去拿在保温盒里的补汤给她喝。萌萌接过直接喝了。她现在对李若溪很矛盾，觉得李若溪这样跟在她身边像个小保姆似的照顾她挺委屈的。但又觉得，那个文峰，心里眼里都只有这个又傻缺又二货的丫头。再说了，她又没让她多事，是她自己非要留下来照顾她的。

“我听说，这部剧的预告片马上就会播出了。张导演现在在磨你的戏呢。你撑得住吗？”李若溪是真的担心萌萌。

“你别多事。我撑不住也会撑下去。这是我多年来期盼的机会。你不会是妒忌了吧？”萌萌喝着汤，半是玩笑半是质问李若溪。

“萌萌，我只是担心你。”李若溪叹息一声。

“担心我就帮着我。我要是红了，对你不会是坏事。我这人是有恩报恩有仇报仇的。”萌萌说。

“萌萌，你现在的想法太极端了。这样对宝宝不好。”李若溪这会儿是真赞同苏若明的话了。她的朋友，真是个个都个性鲜明不好惹，一个乔姿那样，一个萌萌这样。

“我不是告诉过你吗，如果不是迫不得已，我是不会要这个孩子的。算了，以后不要再跟我说有关孩子的事情了。晚上我想吃南瓜饼，你能做吗？”萌萌现在胃口好点儿了，工作强度很大，她的身形仍然没有什么大变化，但她知道自己必须有体力支撑接下来的工作。

“我不会做。我想想办法。”李若溪知道自己肯定做不来，但这是在影视城拍摄地，让她到哪儿找南瓜饼去？苏若明的电话在这时候打了过来，“李若溪，我现在去找你。那地儿没吃的，要捎东西不？”

李若溪觉得苏若明就是老天安排给她解决麻烦的，马上回答：“南瓜饼。

苏若明，我要南瓜饼。”

10

一个小时后，剧组停车场。李若溪接过苏若明从四五十公里外买来的南瓜饼，笑着踮起脚尖拍拍苏若明的肩膀：“谢谢啊，兄弟。”

苏若明看着李若溪孩子气的女汉子样，半开玩笑半认真地问：“李若溪，我把我的心和南瓜饼一起给你送过来，你把南瓜饼给别人吃，把我的心留下成不？”

“苏若明。”李若溪低头看着手里的南瓜饼，叫了一声苏若明的名字，沉默了一小会儿，才继续说，“非常感谢你的南瓜饼，还有你帮我做的一切。但是，你的心我不能要。你要把你的心给更好的人。你应该走更好的路。”

“为什么不能要？就像收下南瓜饼一样收下不行吗？我不想走什么更好的路，对我来说，你就是我最好的路。”苏若明说这句话的时候，觉得心撕裂一样痛，“李若溪，就像收下食物一样收下我的心，不行吗？”他已几近哀求。

“我不能收。”李若溪非常坚持，“收了别人的心，是要用心去还的。我已没有心还给你。”

“那你的心给谁了？给他了，对吗？”苏若明指的是文峰，他太在意李若溪了，所以不可能不知道她把心放在了哪里，“我不要你还我。你就只是收下我的心，不行吗？”

“不行。苏若明，我不能。”李若溪抬头看苏若明帅气的脸，这是一个很好的男人，他应该留着他完整的心、完整的人，去与属于他的能够还给他完整的心的女孩相遇。想到这里，李若溪冷了脸，继续说话，“苏若明，我们说好的，不再提起这个话题，我承担不了。很抱歉今天又麻烦了你，以后不会了。”李若溪说完，觉得自己卑鄙无耻到了极点。是呀，她什么都不能给他，为什么还要接受他的付出呢？她转身就要离开，实在是觉得没脸没皮的。

苏若明的手很快，他伸出了手，拉住了李若溪，“又来了！你跑什么呀。

我开玩笑不行吗？咱是好哥们儿，帮你买个南瓜饼有什么可计较的呀，对吧？”

李若溪闷闷地说：“以后别开这种玩笑了。”苏若明是不是真的在开玩笑，李若溪不想去分辨。怕分辨出来的真相她还不起。

“丫环李若溪，你家主人今天想吃南瓜饼，明天想吃啥给我电话，我给你买来。对了，你家主人上位没？她上了位，有你这丫环的好处没？”苏若明看不得李若溪郁闷，收起心头酸楚，开玩笑逗她。知道这小傻缺支使他跑东跑西买东西都是给萌萌吃后，他彻底对这笨蛋无语了。他还以为电视剧里演的那些圣母玛丽苏都是臆想的呢，没想到现实生活中居然让他遇上了一个。

“嗯。她演得非常好。张导演这几天好像在磨她的戏，说不定真的是好机会呢。”李若溪是真的挺替萌萌开心的。

“你什么时候也有这样的机会就好了。”苏若明说着，心里想，他一定会给她创造这样的机会的。

第十一章

爱有没有例外

这是爱的例外式吗？如果不能在一起，只要看到，也觉得不那么遗憾。

1

“苏若明，你现在不是当红模特吗？你不忙吗？你跟着我做什么呀？”李若溪发现苏若明竟然跟着她往拍摄现场走，心里觉得耽误他太多时间了，于是开始赶人。

“我今天没事了。”苏若明两手插兜里，灰色领子的黑衬衣很帅气。李若溪暗暗地想：这货果然不是池中物，这种穿什么都随意自然的气质，还真不是普通人能一朝练就的。

“没事你也回去休息吧。昨天不是才说活太多你要累成狗了吗？”李若溪不想苏若明留在这儿的原因还有一个，那就是这家伙太磨叽了，怕他发现萌萌怀孕的事情说出去。

“你今天拍什么？”苏若明根本没把李若溪的话听进去，一心要陪着她。

“今天有场陪女主角骑马的戏。”其实陪女主角骑马的是萌萌，但是她和萌萌说好了，角度远，她会做萌萌的替身，因为现在萌萌实在不适合做太激烈的运动。

“你会骑马吗？”苏若明的心几乎是听到“骑马”这两个字的时候就吊起来了。

“在风景区游乐场骑过算吗？”李若溪老实地回答。

“不能不骑吗？”他们说着话的时候，刚巧工作人员牵着几匹马经过往马场走去。苏若明看了几眼那些马，都是驯养好的，稍稍放心了一点儿。但以他的经验，有李若溪的地方，意外总是少不了，谁又能保证一定会没事呢?

“你一定要陪着就在这儿待着吧。我去换衣服。”李若溪说完便跑去忙了，苏若明找了个不引人注意的角落站着，看着剧组忙碌地准备开戏。

化妆室里，李若溪和萌萌起了争执。

“我自己上。我会注意的。”萌萌知道现在张导演在磨她的戏，这是多么关键的时期。她绝不能在这时候用什么替身。

“萌萌，这是要从马上摔下来的戏。你现在能成吗？就算你不管宝宝，你自己呢？你都不管吗？”李若溪能理解萌萌想好好表现，但是，怀孕三四个月从马上摔下来，这不是不要命的节奏吗？

“李若溪，我说了，你不要管我。”萌萌非常坚持，“不要以为你知道了就能管我。你没有权利。孩子在我的肚子里，我说了算。”萌萌的坚持是有道理的，因为她从马上摔下来后，马上接上的就是男主角近前抱住她的感情戏。但从马上摔下来是远镜头，是副导演在拍，所以李若溪坚持要替她。

“萌萌，你不要孩子可以。但是，如果出了意外，不但孩子没了，你也出事怎么办？张导演马上就会换人。因为他的剧组是从来不等演员的。他不缺好演员。”李若溪也强硬起来。一边说一边把绷带一层一层缠在腰上，不知道能不能起保护作用，只愿上帝保佑。

“张导演就算知道了，也肯定不会介意这个的，对吧？”萌萌也明白，如果自己真摔出什么事，一切就完了。

“他根本就不会有空了解这个好吧？放心吧。”李若溪快速换上了萌萌的服装，“幸好服装有两套相似的，你化好妆在旁边等着就可以了。”

2

骑马戏开始拍的时候，苏若明因为不放心李若溪，走得挺近的。但他怎么也没想到，李若溪那小二货竟然真的什么防护也不做，按照剧情，在看到爱人与小三在一起后伤心得晕倒似的，软绵绵地就那么从马上摔了下来！

苏若明几乎是李若溪往下摔的同时就一手撑着围栏跳进了草场，迈开长腿向李若溪跑过去。这时候意外发生了，李若溪骑的那匹马忽然发了疯似的，掉转身往李若溪摔下的方向冲过去！这下整个剧组都吓傻了，苏若明更是恨不得能长了翅膀飞过去。

倒在草地上的李若溪也看见马跑回头了。她摔得全身都有点儿像散架了一样。草地上和身上都做了防护，但她还是觉得痛。但痛也不能眼睁睁看着自己被马踩死呀，李若溪咬着牙使力，试着往不远处的一棵小树翻滚过去，想着再疯的马也会本能地避开有障碍的地方。

事实证明，李若溪的判断是对的。疯马没有向着小树冲过来，马蹄险险地从李若溪的身边一尺处踩过，近得李若溪都觉得自己要死翘翘了。

“不！不不不！”而这一幕在飞速跑过来的苏若明眼里，简直就和李若溪命丧马蹄没有任何区别，他的声音充满了急迫的绝望与凄厉。

苏若明最先到达了李若溪身边，李若溪躺在那里痛得没敢动，苏若明以为她被马踩到了，也没敢动她，只是握住她的手不断地问：“摔到哪儿了？还能说话吗？哪里痛，哪里痛？”

其他人也赶到了：“李若溪，是你呀。”

“没事吧？”

“什么叫没事，你被马踩踩试试！”

“快叫救护车呀！”

“不用。真的不用。马没踩到我。”李若溪回过点儿神来了，好像只是摔下来的时候肩膀和腰撞了一下，脑袋也跟草地撞了，但好在是草地上，撞得有点儿麻有点儿痛，这会儿过去了，感觉自己没什么事。

“真没踩到吗？”苏若明惊魂方定，半信半疑地去扶李若溪，仔细地看她的手脚，确认她真的没事。

“真的没有踩到。”李若溪动了动手臂，“撞到了肩膀，刚才有点儿麻。现在没事了。”

“李若溪，你可以呀，刚才看你像玩具娃娃似的从马上摔下来，还以为这下完蛋了呢。”大家都很担心。

“吓死了，吓死了。”一名女助理一边说一边拍胸口。

“李若溪，你没事吧？”萌萌来得算迟的。

“我真的没事。休息一会儿就好。可以继续下一场了，大家快去忙吧。”李若溪不想吸引太多的注意。因为这本来是萌萌的戏，并没有说过会用替身。

幸好，因为这个意外，暂时居然也没人想起这事儿。副导演大喊：“没事就好。大家快准备。下一场下一场！张导已经到了，马上就会过来。各就各位，叫主演也快点儿去准备。”

确认了李若溪真的没事后，大家都各自忙去了。

3

大家都散了之后，苏若明扶着李若溪还是很担心：“能走吗？我抱你吧。不行，咱还是去医院吧。”

“真不用。”李若溪拨开苏若明欲抱她的手，“我真的没事。”李若溪说完又向苏若明夸耀：“我告诉你，我刚才还忍痛来了个原地三周翻滚才避开了那匹马，不然我就真的死惨了，被马踩死的。哈。”

“你还笑，我都吓死了。”苏若明当真是惊魂未定。

“别吓了，我真没事。你到那边喝点儿水定定神，我去换下衣服。”

看着李若溪真的没事，苏若明伸出手，用力地拍了两下自己的心口，长长地呼了一口气，他觉得自己就没被这么吓过。

“那小姑娘叫什么名字？”旁边忽然有人这么问，苏若明吓了一跳，转头一看，有位笑眯眯的美艳妇人不知道什么时候站在自己身旁。苏若明在这圈子里摸爬滚打了这么久，当然知道她是谁，马上肃然起敬鞠了躬：“高姐，不好意思，刚才没有看到你也在。她叫李若溪，也是演员！”

“哦，是吗？”高姐淡淡地“哦”了一句，然后又看了眼苏若明，“你不是这圈子里的人吧？为了这姑娘才来的？”

“高姐真是目光如炬。高姐是前辈，只望对我们多提点一二。”苏若明并不否认。

“你不会只有这点儿前途的。日后上了位，我还望你提点呢。得了，也不说这些了。今天我是来看看老朋友，这就要走了。你忙吧。对了，一会儿把那姑娘的电话留给我助手可好？”高姐说着，示意身边的助理准备记录电话。

“好嘞！”苏若明多有眼色呀，高姐这是有欣赏李若溪的意思呢，就她在这圈里的名望，若真的帮了李若溪，那就是大好机会了。

高姐走后，李若溪换好衣服出来了。苏若明忍了忍，没把高姐要她的电话的事跟她说。怕说了，那边高姐又不小心忘记了要电话这回事，李若溪空欢喜一场。

李若溪的情绪有点儿低落。因为刚才她倒在地上以为自己马上要挂掉的瞬间，她眼前浮现的竟然是文峰的脸。就是苏若明冲过去扶她的瞬间，她心底有一种渴望，如果冲过来的人换成了文峰，她说不定会感动得落泪。她刚才换衣服的时候，试着调整自己的情绪，但效果不大。

李若溪的低落，苏若明几乎是马上就捕捉到了："怎么了？是不是哪里痛？咱还是去医院检查吧。"

"真的不用。只是劫后余生，有点儿后怕。"李若溪避重就轻。

"你还知道后怕呀！又没人给你钱，为什么要去给她做替身哪！"苏若明对这点非常不满，特别是萌萌现在在导演面前渐渐得势的样子。

"我这是救人一命。"李若溪说。她并不后悔，这摔下来的要是萌萌可惨了，就算是保住了萌萌，她肚子里的孩子呢？多悬乎。

"你自己的命都悬了，你还救人呢。不行，今晚你必须陪我吃饭压惊。"苏若明趁机提出约会邀请。

"我今天有事，明天请你吃饭吧。"李若溪拒绝了。

4

"今天你有什么事？"苏若明看着李若溪，想让她说出个所以然。

今天是新剧《深夏之吻》的首映，因为作为文峰的恋人最近迅速走红的乔姿，据说电视台还办了首映仪式。作为制片人的乔姿早就向媒体放话了，首映式之所以放在今天，是因为今天是文峰的生日。各新闻上都是这对最佳情侣的绯闻。苏若明知道，那个首映式，或者因为乔姿的作梗，根本就没有邀请作为第二主演的李若溪。

“我今天摔了一跤。我很累。今天我要回家睡觉，行吗？”李若溪无力地望着苏若明。苏若明投降了，“好吧，我送你回去。”然后又不死心地问，“真的不和我吃饭吗？我去你家给你做晚饭也不行？”

“那我还是搭公交车回去吧。”李若溪说。

“好好好，只做司机，不吃晚饭。”苏若明举起双手，完全投降。李若溪没有再说话，她是真的情绪低落。

晚上七点半，李若溪抱膝坐在沙发上，盯着电视。屏幕上是《深夏之吻》的首映式，连主持人都对即将出现的银幕与现实双重情侣的文峰与乔姿很期待。

李若溪咬着嘴唇，也在痛苦地期待着。她能的，她能的。她只是想看到那个人，而那个人的手臂挽着谁，一点儿都不重要。她的爱是一种例外，和所有都不一样的例外。她越爱，便越不要靠近，因为靠近是悲剧，不如就这样远远看着。只是看着，就很好。

一辆黑色轿车终于缓缓出现在红毯尽头，李若溪的心都随着主持人期待的声音悬了起来。车门开了，华丽的礼服露出一角，然后是一条修长的腿，然后是乔姿完美的笑脸，再然后，就应该是他了。

但是，乔姿下车后，车门就关上了。文峰呢？李若溪眼睛紧紧盯着电视，感觉自己像一个吊着一口气的半死人，终于又活了过来。乔姿的解释是：文峰有急事飞去了国外，但是发来了祝贺新剧收视节节高升的视频。

视频里的文峰，俊脸依然笑得迷人，李若溪却看出了那是一种演技。这个男人，在后悔自己制造了与乔姿的绯闻。

“哼，让你痞。这回被自己玩死了吧？”李若溪起身去厨房煮面吃。

与此同时，苏若明也在看电视，文峰没有与乔姿一起出现，苏若明有点儿失落。看来，好东西谁都知道她的好，谁都不想放弃。正拿起手机想给李若溪打个电话，手机响了，苏若明看着那个号码皱了皱眉才接：“喂，妈妈。”

这个时候的文峰在办公室加班。现在文爷把他当牲口使，希望他很快上手，他在娱乐圈混久了，不用脑子都快习惯了，难得加班，但他也没全心扑在工作上，忽然打电话问琳达："这周有电视访问之类的安排吗？"

5

"下周三有一个电视访谈，是你的朋友龙先生的节目，叫《精英夜读书》。"琳达翻了翻行程单回应。老板又想干吗？那个访谈本来是不接的，但因为老板和制作人是读书时的朋友，而且不是关于娱乐圈而是关于行业精英的节目，文爷才没说什么。老板可不能再出什么幺蛾子了，她和小张现在的日子超难过呀。但她老板是指示根本就猜不透，"知道了，到时记得提醒我。"

"好的，老板。"琳达应着，心里七上八下，总觉得她的老板又要生事儿了。

李若溪的面刚吃到一半，有人敲门，"若溪，你在家吗？是我。"是思琪的声音。李若溪这才猛然想起，因为萌萌怀孕的事情，她都快把思琪给忘了。

思琪进门，把手里的水果和蛋糕递给李若溪，看着茶几上的泡面，责怪道："就吃泡面啊。忙成那样，也不知道吃点儿好的。"

"今天懒得做。"李若溪抱歉地笑，"对不起啊，思琪，我这些天都没有联系你。"

"我还不知道你忙吗？"思琪坐下，开始和李若溪一起拆蛋糕盒子，"我三点的飞机去加拿大。"

"什么？加拿大？凌晨三点吗？"李若溪呆住了，思琪要出国？

"是的。你知道，电影被禁了。跟着吕右，往后日子也不好过。我去进修一段时间，权当散心。趁吕右现在愿意放我走。"思琪说得很坦然，现在她也想开了，红就红，不红拉倒，不再拼命了。

"也好。可是，你要去那么远，怎么现在才跟我说？"李若溪看了眼表，"还有五个小时，我想和你吃顿饭都来不及。"

"现在不是在吃蛋糕吗？"思琪笑，"一会儿你也别送我，省得惹我哭，

吃完蛋糕我从你这儿直接就打车去机场，行李已经托运过去了。”

“送都不让送吗，周思琪？”李若溪坐下接过思琪递过来的蛋糕，心里觉得挺伤感的。原来吃东西都是她、思琪、萌萌、乔姿四个人一起，后来不知道怎么的，大家都散了。

“不让送。”思琪坚定地回答，“我来找你，告诉你，不是为了让你去送我惹我哭的。没劲儿，还是等我回来的时候你去接我吧。”

“可是你要走那么远。”李若溪是真不舍。

“别啰唆了，李若溪，我知道，只有你是我真正的朋友就得了。再啰唆我可现在就走了啊。”思琪说，“快吃蛋糕吧。这是我们以前最喜欢的那家店的，我刚才问了，蛋糕师还是原来那个。”

“周思琪，你真狠心。”李若溪嘴上抱怨着，心里也知道，她和思琪到了机场，没准就真会抱头大哭。

“李若溪，你更狠心。”思琪看着电视屏幕上那个帅得掉渣儿的男人对李若溪说，“你对自己狠心。”

“我怎么狠心了？”李若溪不解。

“你连自己喜欢的男人都可以不要。”思琪朝电视努努嘴，李若溪一看，屏幕上，文峰正与乔姿深情对望呢，李若溪顿时沉默了。

6

一大早，剧组拍摄现场。今天又给萌萌加了戏，张导演的意图已经很明显了。原来的女主角柳依一在导演处受了气，一大早跑过来找萌萌大闹了一场。萌萌的脸色不太好。其实李若溪今天可以休息，但她担心萌萌，所以还是来了。听说，导演已经叫编剧改剧本了。大牌就是大牌，拍到一半居然换女主角，而且编剧和制片人还都肯跟着走，真是不差钱又不差人的架势。

了解到这些的萌萌就更拼命了，力求每个细节都做到令张导演满意。萌萌非常聪明，知道张导演需要什么样的东西，她知道自己等到了机会，务必要牢牢抓住。

李若溪也很明白萌萌现在的心态与处境，就如同苏若明所说的，她像一个任劳任怨又忠心不二的丫环一样跟在萌萌身边，替她开心，为她加油。

“先吃点儿补充体力，你昨晚背剧本又没睡好吧？”李若溪打开饭盒，里面是她很早起来炖的鸡汤。

“你不妒忌我吗，李若溪？”萌萌问张罗着帮她盛汤的李若溪，她自己也是走善良无害路线的。但只有她自己知道，她是装的。她一直希望李若溪也是装的，这样就不会显得自己是假花而李若溪是真花。

“你这么努力，这是你应得的。”李若溪说。她不妒忌，她只羡慕。

“你也很努力。乔姿现在成了新一代青春偶像，你却不过是个连脸熟都没混上的女二号。”萌萌的心里有只张牙舞爪的小魔鬼，总想惹得李若溪爆发一次。

“那也是她应得的。她投资了钱，而我没有。”李若溪不上萌萌的当，把汤递给萌萌。

“李若溪，我跟你说过吧，你一直做纯洁正直的玛丽苏的样子很讨厌。”萌萌接过汤喝了两口，继续说，“那好吧。李若溪，一会儿把你身份证给我一下。我买了保险，我决定送你一份，你看你老是那么倒霉，说不定哪天挂彩了伯母也有点儿保障。”

“那就谢谢你啦，萌萌小姐。”李若溪也不推辞。一大早她刚到的时候，萌萌新请的小助理已经把她的身份证要去了。

“萌萌，思琪去加拿大了。”李若溪淡淡地说。

“那又怎样，要我去恭喜她出国了吗？”萌萌不以为然，她现在在李若溪面前都不装了，懒得装。

“没什么。”李若溪觉得自己想让萌萌感觉到昔日友情的流逝这个想法，真的挺二的。

“今天我一共有六场。”萌萌说，她今天感觉不太舒服，有点儿怕自己撑

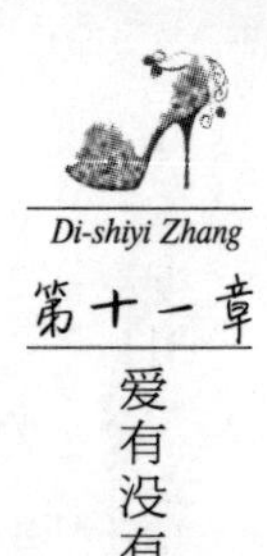

不住。

“撑得住吗？”李若溪也担心。

“撑不住也要撑。”萌萌把鸡汤全喝了。不管怎样，她都应该感谢李若溪。如果不是她一直在旁边照料她，她根本撑不到现在。

“你的肚子一天比一天明显了。”李若溪担心剧组里其他人会不会看出来。

“剧情里的肚子和我现在一样大。”萌萌觉得这简直就是上帝在帮忙。

李若溪想，但愿是自己瞎担心了。

7

下午第二场的时候，萌萌的脸已经毫无血色了。李若溪给她补妆的时候，粉都沾不上去，她摸了摸萌萌的手，冰冷，很担心，但萌萌坚持要继续，怎么劝都不行。

结果导演刚喊了“卡”，萌萌就软软地倒在地上不动了，大家都愣住了，只有知道情况的李若溪飞快地冲过去把萌萌抱住。其他人反应过来了，也跑过去问：“晕倒了？怎么回事？”

李若溪一边抱住萌萌的头，一边问：“谁来帮我一下，把她抱到车上，去医院吧。”刚把萌萌放到车上，李若溪的手就被萌萌冰冷的手紧紧抓住了，“不要去医院。”

“萌萌，你醒了？”李若溪赶紧把萌萌扶着坐了起来，“感觉怎么样？哪里不舒服？”

“我没事。真的，这几天有点儿低血糖。”萌萌说完，朝正准备开车的小伙子说，“小梁，谢谢你。不用去医院。”

“萌姐，你真的没事吧？”小梁也是有梦想的年轻人，司机兵出身，现在给张导演做司机，张导演听说萌萌晕倒了，就让他来帮忙送医院去。

“真的没事。我歇一会儿，等会儿还有两场呢。大家都准备好了，不能因为我一个人让大家都陪着拖。”萌萌说着就开门下车了，李若溪赶紧跟着她，半搀半扶着问：“真的没事吗？”

“有点儿晕，但是没事。现在不是去医院的时候。”张导演是一个非常敬业的人，从不迟到。这样的人，也会欣赏同样专业与敬业的人。她必须表现出她就是这样的人。

“可是你刚才真的晕倒了。”李若溪担心死了。谁说她拼命来着？跟现在的萌萌一比，自己就是个渣儿。

“低血糖，吃点儿东西就好。还有吃的吗？”萌萌问李若溪的同时看向张导演的方向，对方果然没有因为她的晕倒而让剧组停工，拍摄还在继续。

“有。我去给你拿。”李若溪让萌萌坐到休息处，飞快地向小厨房跑去。萌萌坐好，强忍虚弱晕眩感，微笑着向旁边几个问候她的人说自己真的没事，也朝张导演点头示意自己没事，会继续拍摄。

早上柳依一闹的时候，有记者拍了照片。萌萌知道明天一早肯定会上新闻的。张导演也不会阻止这种新闻，毕竟这剧已经拍了一半，马上就要开始宣传了。之前柳依一接拍这部剧时，也没少在媒体上说。有心人肯定会大做文章的，萌萌看到拍摄现场仍有记者，其中一个，与自己相熟。萌萌知道，自己刚才晕倒的事情或者也是个机会。

萌萌料得没错，第二天，“柳依一耍大牌惹怒张大导演，新人萌萌靠敬业专业上位，或将取代柳成为女主角”的新闻便上了头条，萌萌的照片清纯可人。一夜之间，萌萌原本无人问津的官方微博微信粉丝大涨，当晚，便开始有知名经纪人联系了萌萌。

萌萌知道，机会真的来了。

8

或者是张导演有意为之，或者是柳依一的一些对手也想借机打压她，萌萌将取代柳依一成为这部年度最值得期待大剧的女主角，这新闻出来后第三天得到了张导演的确认。“赵萌萌”这个名字连续几天都成为娱乐新闻的热搜词。萌萌几乎是以火箭发射一般的速度与圈内名经纪人签约，多了一名助理，配了保姆车。萌萌真的红了。但萌萌接受记者采访的时候绝不影响拍摄，在剧组谦虚依旧，拍戏时也异常认真。萌萌是聪明人，她知道，自己无权无势无靠山，现在就指着张导演对她的欣赏才走到这一步。若她不继续好好表现，她就是那小纸船，张导演就是那水，随时会让她没顶。

只可惜，萌萌还没红到炙手可热，半路就杀出了个更横的：周三，文峰似不甘寂寞般，在一次电视节目访谈中否认了与乔姿的恋情，并透露自己有喜欢的人，只是对方不接受自己。虽然那是一个业界精英的访谈节目，但本着八卦至死死不罢休的国民娱乐精神，那位主持人追问了文峰的感情绯闻。令人意外的是，文峰不但断然否认与乔姿的恋情，还透露自己有秘密恋人的事。文峰的原话是：“有喜欢的人。但是，她没有选择我。”文峰这话一出，连主持人都坐不住了，“我的天，她是谁？是圈里人吗？好好奇！”文峰只是笑，没再说话。但这个信息已经足够劲爆了。电视节目的录制现场有文峰的粉丝，用手机录了现场视频。视频当晚上传后，点击量两个小时就突破了百万。

面对这新出炉的娱乐头条，每个人的反应都不太一样。

苏若明是丢开手里的电脑，紧握着拳头闷闷地捶了一下桌面，拿出电话想打给李若溪又没动手。

乔姿则是完全崩溃状态，她已经被疯狂来追问二人分手原因的记者闹得焦头烂额，在文杰的帮助下悄悄地逃离了工作室。

肇事者文峰倒跟没事人一样，悠闲地继续坐在办公室里淡定地一页一页翻文件，对两名害怕文爷秋后算账而冷汗津津的助理琳达与小张视而不见。文峰的内心最好奇的是，李若溪看到这个新闻会有什么反应呢？那个都快把拒绝他当成习惯的小浑蛋会是什么样的表情呢？

李若溪根本就没有看到这条新闻，因为萌萌现在不但要拼命拍戏，还多了一些通告。萌萌已经怀孕快五个月了，但瘦得几乎就看不出肚子。去检查的时候，医生说孩子太小了，要注意营养和休息。但萌萌根本就没把医生的嘱咐当回事，仍然工作第一。李若溪现在与其说挂念不要命的萌萌，还不如说挂念萌萌肚子里那个刚成形的孩子。她亦步亦趋地跟着萌萌，尽最大可能地照顾她，萌萌却事不关己。每次萌萌一来狠劲儿地拍戏又跑又跳又摔时，李若溪紧张得嘴巴都开始有点儿念念有词地为她肚子里的宝宝祈祷。这几天她忙得根本顾不上看新闻。

最后，还是文峰忍不住来找她了。

9

李若溪把萌萌送回去后才回家，一整天紧绷着的神经稍微放松后，她走路的样子显得有些孤单而疲惫。

站在小区大门外的一棵树下正等着她的文峰看着她走近的样子，心里一点儿一点儿地发疼：是什么让她这么累？然后文峰更心疼地发现，这小二货根本就像条累得没精神的小狗一样目不斜视地从他面前半米处经过，完全把他当成透明君了。

文峰没有办法，伸出手扯住了她的卫衣帽子：“喂！李若溪！”

“啊！”李若溪吃痛，回头一看竟然是文峰，愣住了，张了张嘴，又不知道说什么，想了想，才恭恭敬敬地叫了声，“文峰老师。”

“我现在知道了，李若溪。”文峰说了一半，停了停，引起了李若溪的注意才继续，“原来你喜欢师生恋。”

“什么？”李若溪觉得在这个不按牌理出牌的家伙面前，自己的智商又一次受到了挑战。

“不然你为什么要一直叫我文峰老师？是因为你想和老师谈恋爱吗？”文峰继续猜测。

“我叫你老师是因为我尊敬……”李若溪忽然发现自己的解释根本就不会起作用，“算了，我忘了我是不能跟你沟通的。阁下又不是地球人。”

“哈哈，那谁能跟你沟通？姓苏的吗？”文峰毫不掩饰自己的醋意。

“好吧，我才不是地球人，和所有人类都沟通不良。”李若溪懒懒地回应，不想和他抬杠。

“你一点儿感觉也没有吗？”文峰问的是他在电视访谈上说的事。

“有，感觉很累。”李若溪说的是现在自己的状态，但二人的对话毫无违和感。

“李若溪，你不觉得对不起我吗？我这么优秀的人，都对你这么低三下四了。”文峰半是玩笑半是正经地继续问。

“我对不起你。”李若溪直接得像把刀子，“所以以后你不要再这样了。”

“这个决定权在我。”文峰盯着灯光下李若溪的脸。这张小脸素得很，皮肤质地是很嫩滑没错，但显然欠缺护理而有些缺水。因为睡得不好，所以还有黑眼圈。可要命的是，就这么一张脸，他居然日思夜想无法忘怀，他真是对自己的品位产生了更大的怀疑。

“你自己慢慢决定吧。我走了。再见。”李若溪转身继续向前走，文峰跟着她走了两步，忽然停了下来，站在那里，看着那个瘦小又倔强的背影渐行渐远，然后消失在大门后的阴影处。文峰觉得愤怒，也觉得挫败，觉得凄凉，竟然也觉得温暖。愤怒挫败来自她的态度与自己的无力感，凄凉而温暖都来自她的背影。以前演过的不记得哪一部剧里有句台词：“你就是我的信念，只要想起你，都觉得温暖，充满了力量。”如果是现在的他，演得一定比以前好。因为那时候的他，根本就不相信会有这样的爱情，也感受不到这样的感觉。

这是爱的例外式吗？如果不能在一起，只要看到，也觉得不那么遗憾。文峰低头沉吟，慢慢往回走。

10

回到楼下，李若溪看着在单元门口路灯下站着的高个儿，无声叹息一声，轻声说："我很累，苏若明。真的，我很累。"

"我什么也没说。李若溪。"苏若明看得出她的疲惫。

"你看到他了？"李若溪问。

"我比他来得迟一点点。"苏若明承认，然后他问，"为什么拒绝？"

"藤蔓如果缠在树上生存，没有了树，藤蔓就会死。我想做不会死的树。"李若溪说完这句，苦笑一下自嘲道，"你就当是我矫情吧。"

"好吧。那我就等着看你作到死的那一天吧。"苏若明知道，李若溪是真不想继续这个话题了，把手里提的东西递给她，"奶酪蛋糕，吃点儿甜的，心情就会好一点儿。"

李若溪沉吟半秒，接了过来："谢谢。"

"快上楼吧。我走了。"苏若明说走却站着没动，李若溪知道他想看自己上楼进屋开灯后才走。于是她转身上楼了，她的脚步很沉，因为重重的心事。

李若溪刚打开门，手机就响了，吓了还在走神儿的她一跳，拿出手机一看，是乔姿的电话。

乔姿喝多了。每次她一喝多，就会觉得愤怒，然后就会想到李若溪。她觉得，如果没有李若溪，一切就好了。

"李若溪，我玩不过你。我没你狠。你真狠。呕——"乔姿对着电话说着说着就吐了。手机一甩掉到了地上，跟在旁边的文杰赶紧扶住轻拍她的背让她吐得舒服一点儿，"怎么样，很难受吗？"

"我不难受！"乔姿大叫，"还不快把我的手机给我拿过来！"

"好好好，这就拿。"文杰去捡手机交给乔姿，温声软语地劝，"姿姿，咱不打电话了成不？你今天喝太多了，回去休息吧。"

"不行！我今天非要跟李若溪说清楚！"乔姿喝酒后脾气更大。李若溪一开始就听出乔姿喝多了，一直没挂是因为有点儿担心，现在听出来她旁边有人照顾，才挂了电话然后直接关机。关机后，李若溪把手机丢到了一边。她今天的心情够糟糕的了，不必再加上乔姿了。

“喂！李若溪！”乔姿对着已经没音的电话大叫，“李若溪，你说话呀！你藏得真深！你就是见不得我好是不是？我讨厌你！我恨你！”

“姿姿！”文杰半抱半扶着东倒西歪挣扎的乔姿，尽职地扮演裙下之臣的角色。今天晚上，他要把全套做完。因为，他的戏要开始了。因为文峰而愤怒伤心的乔姿当然不知道，原本被她当成情绪发泄对象而留在身边日渐依赖的文杰，渐渐地收紧了圈套。

第二天一大早，李若溪还没有看到文峰否认乔姿的网上新闻，乔姿和貌似文峰的男子去酒店开房的新闻就已经在网络媒体上炸开了。

拍摄现场休息区，萌萌默默接过李若溪递过来的早餐，再默默把手里正开着网页的平板电脑递给李若溪。那新闻标题也很有剧情：乔姿被文峰所拒，愤而与酷似文峰的男子开房彻夜狂欢。

第十二章 灰姑娘与王子的距离

这就是我们的区别。公主即使落难，也能被一颗豌豆折腾得夜不能眠，但乞丐在什么地方都睡得着。

1

几分钟后，李若溪默默地把萌萌的平板电脑放回桌面上，问萌萌："午餐有没有什么想吃的？趁这会儿有空，我去做。下午你和我都有拍摄。"

"一点儿感觉也没有吗？"萌萌眯起眼睛看李若溪，她不相信李若溪一点儿感觉也没有。不明就里的人，可能不知道文峰所说的那个没有选择自己的女子是谁。但她和李若溪是一路走过来的，她还能不知道文峰所说的那个女子就是李若溪吗？男神明里暗里地这样向自己表白，李若溪还能无动于衷？她李若溪是钢铁做的心吗？她李若溪就是个绝了人间烟火是人吗？怎么可能一点儿感觉也没有？

"我需要有什么感觉？"李若溪反问一句，拿起随身带的剧本继续看。

"别装勤奋。这几句台词你早熟透了。"萌萌就是看不得李若溪这样，善良是没错，好欺负是没错，但是，她把真正的自己藏得深之又深，谁也无法触摸，"伤心吗？还是感动？"

"伤心，也感动。"李若溪平静地回答，然后问，"你需要什么样的答案，我都可以给你。"

"就是这样了，没错。李若溪，你知道我为什么比讨厌乔姿更讨厌你吗？因为你这个人可以对别人付出真诚，却绝不让别人看到你的真心。我是个虚伪的人没错，但是你比我更讨厌，因为你连虚伪都不干，你干脆把自己全藏起来了。"萌萌终于知道，自己为什么从不对李若溪设防了，因为在李若溪面前，她不必伪装自己。因为李若溪即使自己受伤也不会伤害别人。

"就算是这样吧。"李若溪不想再谈这个话题，"想好中午吃什么吗？"

"想吃云吞面。"萌萌说完又嘲弄地说，"但是你也不会做。所以，你还是想给我做什么就做什么吧。反正你做的，我吃了就不会吐。"萌萌说完，低头看了一眼自己隆起并不是太明显的肚子。除了演戏的时候，她从不把自己当成一个孕妇。在李若溪面前，偶尔她甚至觉得，自己这个孩子，是帮李若溪怀的。否则，她怎么会只有在吃李若溪给的食物时才不会吐呢？

“我试试。”李若溪打算去问问那个小厨师，会不会做云吞面。萌萌实在是嘴刁，明明是个北方姑娘，居然想吃南方的云吞面。

李若溪正往小厨房走的时候，苏若明打来了电话，“若溪，我今天的拍摄安排在晚上了。我现在过去找你。今天你那嘴刁的主子又想吃什么？”

“云吞面。”李若溪说完，心想她上辈子说不定是替苏若明挡灾的人，所以，苏若明这辈子是专门来向她还债的。

“好。我去帮你买。”苏若明虽然不情愿，但答应得非常爽快，“你呢，你想吃什么？”

“我什么也不想吃。”李若溪心情不好，胃口也不好。

“你终于看新闻了？”苏若明觉得自己这么了解李若溪，她居然把自己当成普通朋友真是太不可理喻了。

“嗯。”李若溪懒懒地应道，既然苏若明答应帮忙，李若溪就不再往小厨房走了，找了个没人的角落坐了下来，看着草地上的蚂蚁发呆。

“他一定很郁闷。哈哈。女主角从来不知道，他却一个劲儿地演独角戏。”苏若明哈哈大笑。

“我挂了。”李若溪真没心情再说话了。

2

大清早，文峰一进办公室便看到两名助理噤若寒蝉地站在门口动也不敢动，不用他们说，文峰知道，爸爸肯定在里面。

“琳达，给我一杯咖啡。”文峰吩咐完，推门进去。

迎接文峰的，是文爷的一只空茶杯。文峰闪了闪身，茶杯打在门上，“啪”的一声，被摔得粉碎。文峰绕过那些碎片，淡淡地说：“爸，这套瓷不太好，容易碎。下次我给你弄套好的。”

“你最好给我解释清楚。”文爷说完又改口了，“不。不用解释了。你最好马上把这事处理好。”

“你想让我怎么处理？”文峰心想，老爷子这么早就到了他的办公室，想必都还没有看到文杰的新闻吧？但愿老爷子今天撑得住。

“要我讲多少次？继承人就必须有继承人的样子！你在商业访谈的节目里谈自己有喜欢的女人！你要搞什么？把自己弄成花花公子？”文爷越来越觉得这个儿子靠不住，他全心全意想培养成继承人的儿子这是怎么了？状况一出接着一出，就没有消停的时候。

“恰恰相反。我想让人知道，我是个专情的男人。”文峰坐在沙发上与文爷面对面，毫无压力的样子。

“那我直接告诉你吧。”文爷瞪着这个痞气深重无法驯服的儿子，说了也许早就应该告诉他的事情，“有一块地投标失利，需要大量资金回援。这是生死关头。”

“我知道。”文峰早就从公司最近运行的资金流向觉察到了问题，只是不能确定老爷子什么时候才会和他坦白。

“那位乔小姐不错。”文爷直接说出了自己的想法，如果乔家愿意注资，这件事就可以迎刃而解。

“想用联姻解决问题吗？”文峰问，然后他不等文爷回答就说出了自己的答案，“我不会让这样的悲剧发生在我身上的，父亲。只是为了我的妈妈，我也不会那样。”

“你……”文爷叹息一声，语气稍缓，“现在不是意气用事的时候。”

“我没有意气用事。”文峰毫无惧色地看着父亲的眼睛，这么多年的商场打拼，这位老人已经像一个没有缺点的钢铁人，但他相信，母亲是他心里唯一柔软的地方。

“真的要这样吗？看着我一生的事业就这么没了？”文爷发现自己根本不了解这个儿子，这个自己寄予了厚望的儿子。

“爸，其实你应该看一看今天早上的新闻。别忘了你有两个儿子。”文峰随手拿起旁边的平板电脑，打开页面，递给文爷，“我相信我哥一定很乐意帮你的忙。"

文峰觉得，不管文杰是真心还是假意，或者出于什么样的目的去接近乔姿，他现在都得感谢他。

"叫他马上到我的办公室找我！"文爷站起身往外走！然后回头，"你也给我过来！"

3

文爷办公室外面的电梯旁，匆忙赶到的文杰一把抓住刚出电梯的文峰问："老爷子今天早上是疯了吧？他竟然亲自打电话给我！"文杰的记忆中，他就不曾有过这样的待遇。不管多大的事，一般都是老爷子的秘书打电话通知他。要不就是老爷子秘书打给他妈妈，然后他妈妈再通知他。记忆中，他接到老爷子的电话还是第一次。

要知道当时他还在被窝里搂着软玉温香的乔姿呢，幸运的是，他走的时候床上的女人因为昨晚醉得太狠还没醒。否则，他一边要应付老爷子，一边还要应付大小姐，他怕自己会提前挂掉。

"我想他是高兴得疯了吧？"文峰淡淡地说，"因为你为他找了个满意的儿媳妇。"

"老爷子的消息太灵通了吧？"文杰觉得应该不会这么快吧，虽然他有安排记者是没错，但昨晚才发生的事情，一大早老爷子就已经知道了？文杰很显然是低估了他弟弟的影响力，最近一段时间，虽然文峰已经停止了娱乐圈的绝大部分活动，但与他有关的事情，都会不意外地成为热门话题。

"哥，这是因为我比较红。"文峰不想再和文杰多扯，大步走向老爷子的办公室。

"哎，等等我。"文杰赶紧跟上。

文爷坐在他巨大的办公桌后面，紧紧抿着嘴唇，看着站在自己面前的两个儿子，很久都没有说话。文峰还好，文杰是真的冷汗直流。老头太诡异了，以前见了他，大吼大叫地骂完叫他滚，现在让他们罚站自己不说话是什么意思？

直到文杰觉得自己马上就要受不了，文爷才把面前的电脑屏幕往文杰的方向一转，“解释。”

文杰往电脑上看了一眼，“偶像玉女”“兄弟相争”“豪门恩怨”几个词跳入了文杰的眼，吓得文杰两膝一软，“扑通”一声就跪下了，“爸，我错了，我错了。”

这时候的文杰，是半害怕半演戏。按妈妈说的，不管发生什么事，一开口就认错就一定不会错。他脑子是真不够用，他厌恶却也害怕他的父亲，他从来没有真正了解过他的想法。只有一点他是记着的，他是正室所生，他才是理所当然的集团继承人。他不想永远做只懂吃喝玩乐的二世祖。

“你哪里错了？”文爷看着跪下的大儿子，并没有什么特别的感觉。因为这个儿子经常在他面前跪着认错，他习惯了。

“我……”文杰还真说不上来自己哪里错了，“我哪里都做错了。我错了。”

“你喜欢那个女孩？”文爷问。

“我……”文杰想说不是太喜欢，但母亲的话马上出现在他的脑海里，“喜欢！我以前不相信自己也会爱上一个女人！但是遇见她之后，我知道我错了。其他女人都看不上了。爸，你要是生气你就惩罚我，千万不要伤害她！”

听完文杰的这番表白，文爷和文峰都不约而同地挑了挑眉毛，文爷是惊讶于大儿子竟然能说出这样的话，文峰是惊讶于文杰这会儿的敢于担当，难道他还真看上了乔姿？

4

“起来吧。你先出去。”文爷对文杰说完，眼睛盯着文峰，“你留下，我有话要和你说。”

“爸，你要答应我不伤害她呀。”文杰的这副情种模样文峰还真的有点儿看不习惯，但文杰就像不让他舒服似的继续说，“爸，就看在我和妈妈这么多

年来都不受你待见的份儿上，你就放过姿姿好吗？你怎么惩罚我都行。”

文峰抽抽嘴角，不知道是应该笑还是好心提醒文杰，他好像演得有点儿过火了。

“我什么时候说要伤害她了？”文爷音量加重，“我叫你出去，没听到吗？”

“真的？”文杰马上从地上爬了起来，“我马上走。爸，你说话可要算数啊。”

“滚。”文爷对大儿子的耐心到头了。

“我不会同意联姻的。”文峰直视自文杰出去后就一直瞪着自己看的文爷的眼睛，再一次用冷静的语气强调自己的立场。

“你知道这意味着什么吗？”文爷冷声问道。

“从此以后我会淡出公司。”文峰答道，沉吟半秒，又继续说，“或者，我不再到公司来上班。”

“全世界都知道我一心培养你。”文爷只差没有低吼了，他挫败于无法说服长期以来寄予厚望的心爱的儿子，却也知道，过不了这一关，过去的四十年他等于白奋斗了，难道他要在六七十岁后又被打回一无所有的原形，甚至要在监狱里度过他的余生吗？

“从现在开始，你可以培养你的另一个儿子了。”文峰说得很不在乎，就像在说别人的一件无关紧要的事情。

“我只能有一位继承人。”文爷努力压制内心的悲伤与愤怒，“没有一位股东愿意看到有两位继承人。你和他，只能留一个！”

“我不是说了吗，他留，我走。”文峰仍然不在意，他一直对老头的行事方式不敢苟同，但因为是父亲，他也就忍了。现在老爷子确实遇着难了。可是，他绝不能拿自己的婚姻来拯救事业。他不能让自己成为另一个老爷子。他本来就不是一个伟大的儿子。这一点，他像他的父亲，他们都一样自私。

“下个星期你就去美国。”说完这句后，文爷沉吟片刻，说出下一句，

“不管有什么事，都不要再回来了。除非到我入土那天。”如果他回来，必定会被认定是为争产业，即使他的大儿子对同父异母的兄弟心存善念，他的那位饱受打压的妻子也绝不会放过他。

“为什么是美国？”其实文峰想问的是，他放弃了继承权，留在国内不行吗？

“不是美国也行，只要你不回来。”其实文爷想说的是，你在美国读书生活多年，若有不测，逃命的机会也多几分。

“好吧。”文峰不想再多作纠缠，“那我走了。”文峰走到门边的时候，忽然回头说：“爸，你知道公司现在为什么会出现这么大的问题吗？因为你把权力抓得太紧了。独自决定的事情太多，就难免会有出错的时候。”文峰说完头也不回地走了，文爷看着儿子的背影张了张嘴，终究什么也没说出来，颓然坐回椅子，陷入了思索。

5

从公司出来后，文杰几乎是第一时间跑回了酒店。

刚打开门，一只粉盒迎面飞了过来，紧接着，手里拿着随手抄起的“武器”的乔姿就扑过来了。文杰躲着，嘴里乱叫着：“姿姿，别这样！姿姿，我错了！姿姿，饶了我吧！”乔姿多凶悍啊，文杰没几分钟就挂了彩。但文杰也没怎么舍得自己受大伤，他东躲西躲的，嘴里求着饶，硬是把乔姿的力气给耗完了，跑过去紧紧抱住，“我错了！我负责！你想怎样就怎样！别生气了，成吗？”

“你想负责！你想负责我就让你负责吗？你想得美！”乔姿早上头痛欲裂地醒过来，就发现事情不对。更可气的是，文杰这个浑蛋还跑了。偏偏乔姿多手贱哪，想上网看自己的新闻，一看可好了，自己还没从床上起来呢，床上发生的事情就已经被人踢爆了，乔姿不生气才怪呢。

“你让我负责呗，我保证做二十四孝老公。”文杰信口开河。

“滚。”乔姿用仅剩的一点儿力气甩了一个耳光过去，文杰把另一边脸也

凑了上来，“亲爱的，这边还没打呢。”乔姿没力气再打了，哭笑不得。然后文杰乘胜追击，“我什么时候能去拜见我的准岳父？”

“你疯了吗？”乔姿问。

“除非我岳父从来不看新闻。否则，他应该会想见我的。毕竟，我睡了他的女儿。”文杰洋洋自得，乔姿却吓得浑身一凛：糟糕，这件事情怎么向父亲交代？

乔府。不怎么上网的乔家男主人问妻子：“她昨晚又没有回来？”乔夫人无奈点头，女儿最近要么大醉而归要么夜不归宿。她已苦劝无果，这僵局不知如何破解。

“打电话。”男人翻看着报纸，下了命令。

电话是文杰接的：“喂，你好。对，这是姿姿的电话。哦，她在洗澡。一会儿她出来我会转告她的。”

乔夫人挂掉电话，一时不知要如何跟丈夫交代：难道直接跟他说女儿的电话大清早是由一个男人接的？而且对方说女儿在洗澡？

“她在哪儿？”丈夫问道。乔夫人语结，乔家男主人火了，“电话给我！”

乔姿从卫生间出来的时候，文杰高高兴兴地对她说：“姿姿，我该给你爸带什么礼物？算了，你肯定不知道。我还是打电话问一问我妈吧。”

看着兴奋地打电话向妈妈讨教见丈母娘礼节的文杰，乔姿心里只有两个字：糟了。

6

如果说李若溪这心情沉重而郁闷的一天中有什么值得高兴的话，那就是高姐的电话了。

下午五点，李若溪的拍摄结束了，萌萌还有一场。李若溪一边收拾东西一边等萌萌，高姐的电话就是在这时打进来的：“喂，是李若溪小姐吗？我是高晓玉。”

“呀？是，是高前辈吗？”李若溪愣了好一会儿，才反应过来居然是高姐给她打电话，她不知道高姐是怎么得到自己联系方式的。不过那不重要了，重要的是，高姐说，她现在拍摄的电视剧有一个角色挺适合她的，叫她明天去试镜。

李若溪挂了高姐的电话后，拧了自己的手背一下，痛。又再次检查了手机的来电显示，确定自己没有做梦之后，才觉得近黄昏的天渐渐明朗起来。

晚上八点半，李若溪送萌萌回去后，再次独自走在回家的路上。晚风渐起，有些许凉，李若溪想把薄外套的帽子戴上，却发现有人在后面扯住了她的帽子，李若溪回头，果然就看到了文峰似笑非笑的脸。

“带我去吃一次那个饺子吧。”文峰说。他其实想说的是：“李若溪，你这个小浑蛋，你跟我私奔吧，我去哪儿你就跟我去哪儿成不？”

“好。”李若溪居然没有跟他唱反调。

还是那间深夜小吃店，还是那位貌似不怎么讲卫生的大婶老板娘，饺子还是五块钱一碗。不同的是，今天李若溪要了两碗。不同的是，今天李若溪不饿，饿的是文峰。他特意把自己饿了一天，为的就是来把这碗饺子吃完。可吃了一半后，他就再也吃不下。文峰吞下嘴里那口难咽的饺子，抬头看一直在安静地盯着他的李若溪，他想扯出一个微笑，却觉得自己可能笑得比哭还难看。

“你今天没吃东西，就为过来吃这碗饺子吗？”李若溪苦笑，继续说，“吃不下是吧？是真的不好吃。我也觉得不好吃。”

“我没吃完。”文峰这时候开始反思自己过去二十八年来被文爷精心照顾的人生。吃，穿，住，行，文爷从不肯让他受半点儿委屈。他唯一吃过的苦，不过是读书稍微用了点儿功。

“我能吃完，是因为我饿。也是因为小时候我饿的时候，连这样的饭都吃不上。”李若溪继续说，“你吃不下，是因为你没有受过饿的委屈。这就是我们的区别。公主即使落难，也能被一颗豌豆折腾得夜不能眠，但乞丐在什么地方都睡得着。”

“所以，你和我不能在一起，是吧？”文峰接话，帮李若溪总结，“灰姑娘不会幸福的，对吧？”

李若溪看着文峰，不再说话。

“好，我知道了。”文峰忽然笑了，“谁说我今天是来找你表白的了？我就是来找你吃碗乞丐们吃的饺子。你就当是王子来体验生活呗，就那么苦大仇深难以接受吗？”

7

“体验得还好吗？”李若溪有点儿冲动，想把今天高姐推荐自己去试镜的事情对文峰说一说，这是她长久以来唯一收获的喜悦，她想和他分享。

“不好。”文峰低头用筷子拨动那碗剩下的饺子，老实回答，然后还强调了一下，“难以下咽。”

“今天我接到了高姐的电话。她在林导演的剧组里推荐了我，让我明天去试镜。”李若溪忽然说。

文峰猛地抬头看李若溪的脸，当他从李若溪的脸上确认了她是想和他分享这点儿难得的喜悦的信息后，文峰的心脏剧烈地跳动了好几下。他想伸出手去拥抱她一下。但是，他们之间隔着一张油腻腻的小桌子，上面还有两碗味道不怎么样的饺子。文峰在一秒钟之后做了决定，他站起来，忽然拉起李若溪就往外面大步走去。李若溪被他拉着，想挣脱，但终究没有用力。

“我想抱你一下。”就在马路边的一棵树下，马路上偶有行人，车道上车流匆匆，路灯昏黄地亮着，文峰的眼睛闪闪动人，“就只是一个拥抱。”

李若溪看着文峰，没有说话。她摇摇头，又摇了摇头。文峰不耐烦地伸出手，一把把她拉进怀里：“别作了。我就抱你一下！你不会少块肉的！”

李若溪觉得有一点点晕眩，文峰的怀抱太热了，而且他的心跳得很快，就像一只失了控的鼓，在她耳边“咚咚咚”地乱跳着，跳得她的心都跟着乱了。

“跟我去私奔吧，李若溪。”文峰的嘴唇贴着李若溪的头顶，低声说道。

“嗯？”心跳得太快了，李若溪是真的有点儿听不清楚文峰在说什么。

“你真的很平，李若溪。”文峰转换了话题。然后不出所料地，李若溪回应了他一个女汉子式的猛推。文峰顺着李若溪推开的力道后退了几步，看着对面那个因为三分羞涩三分无奈三分生气一分娇嗔而显得生机勃勃的女子，他觉得自己的心脏开始一抽一抽地痛着，痛得他几乎都忍耐不了。他不得不转身掩饰自己的痛楚难耐，他假装很潇洒地背对着她挥一挥手，以为真的什么都可以不带走，“恭喜你，李若溪。再见。”

李若溪看着文峰帅气地渐行渐远的背影，感觉今天的文峰有一点点奇怪。也许是因为，过去他们的见面中，永远是她先转身离开，总是他在看着她的背影。而今天，是他先转身离去，看着对方背影的人，变成了她。

是吧，是因为这样，所以才觉得特别伤感的吧？

8

第二天，李若溪的试镜竟然出奇的顺利。林导演当场拍板定了她演其中一个女主角。剧本和合同当天就到了她的手上。李若溪看着合同还有点儿不敢相信，但不管这是自己的运气还是机会，她总会好好努力的。李若溪没忘记计算了一下，离这部剧开拍还有小半年，这小半年里，足够她一边吃透剧本一边照顾萌萌，直到萌萌那部剧拍摄结束了，时间真是安排得刚刚好。

回去的路上，李若溪想起了昨晚文峰的背影，犹豫再三，决定给文峰打一个电话，电话拨出去后，李若溪脑子转得飞快：如果文峰问为什么打电话给我，是想我了吗，她要怎么回答？

“你拨打的电话已关机，请稍后再拨。”文峰的电话竟然关机了！李若溪盯着自己的手机发了会儿愣，有点儿不太明白文峰怎么会关机。但是，她从未主动给文峰打过电话。或者，文峰就经常关机也说不定。李若溪自己解释给自己听，然后，她开始看剧本，把文峰丢一边去了。

而此刻的文峰，正在飞往美国的飞机上，他戴着墨镜，陷入睡眠中。睡之前他想，李若溪那个小作女会打电话给他吗？知道他离开了，会找他吗？会伤心吗？文峰没有确切的答案，又想起昨晚喧嚣马路边的那个拥抱，感觉真是美好。但就是因为感觉太美好了，所以，现在觉得伤感至极。

文峰离开后的第二天。又是吃早餐的时候，萌萌接过李若溪递过来的水煎包和牛奶，默默地把打开了网页的平板电脑递给她。上面的标题也非常醒目：乔姿失恋闪电订婚，未婚夫竟是文峰异母兄长！相关的新闻链接也非常精彩：天文化集团继承者之争，私生子与失宠兄长的交替逆袭。

“还是没感觉吗？”萌萌问，她是八卦，她是好事，她就是看不得李若溪明明拥有那么好的东西、那么好的机会，却偏偏死作不肯承认不肯要。她羡慕，她妒忌，她也恨。

“哦。”李若溪兴趣缺缺，她现在想给文峰再打一个电话，“我去给你倒点儿水。”出了门李若溪就给文峰打电话，但回应她的依然是“您拨打的电话已关机，请稍后再拨”。下午，李若溪又给文峰打了一个电话，依然是关机，李若溪的心终于吊了起来。萌萌冷笑着，“李若溪，别在这儿待着了。想干吗干吗去吧。”看吧看吧，李若溪终于装不下去了吧。

李若溪上了出租车，司机问：“姑娘，您去哪儿？”李若溪一愣，是呀，她要去哪儿？司机不耐烦了：“姑娘，你不说去哪儿，也得告诉我往哪儿开呀，往前走还是掉头？”

李若溪终于下了决定：“麻烦你到天文化大厦。”

9

“文杰先生，能不能说一下，你和乔姿小姐订婚的事情是真的吗？”

“文杰先生，你对天文化在房地产投资方面失利的传言有什么看法？”

“文杰先生，你抢了令弟的女友，又取代了他在天文化集团的职位，据说您还把文峰先生赶到海外去了，你能发表一下看法吗？”

“文杰先生，你承认抢的是兄弟的女人吗？”

李若溪到天文化大厦的时候，刚巧遇到记者在对文杰围追堵截，李若溪在现实中第一次见到了文杰，李若溪本能地后退了两步。从小，意识到危险的时候，她都会下意识地后退。她不喜欢文杰，尽管文杰对于诸多针对性攻击性极强的提问反应非常有礼貌，唯一回答的问题是：“乔姿小姐是我喜欢的女孩。请不要伤害她。”这句话，顿时为文杰博得不少好感，但是，李若溪却下意识地为乔姿担心。

“李小姐。”李若溪不断地后退，直到撞到了一个人，对方礼貌地和她打了招呼，“我是小张，还记得我吗？”

这个高瘦斯文的男子是文峰的助理，李若溪当然记得，只是大多数时候他都被文峰使唤得忙碌无比，所以印象不是太深，“你好，张先生。”李若溪看到小张抱着一个纸箱，里面装着一些文件与杂物，想问，但又不知如何开口。

“哦。”小张故作轻松地说，“老板离开了，我和琳达只能留一个，我就辞职了。我总不能让女孩子失业，呵呵。”

“抱歉。”李若溪真不知道说什么好，她说抱歉的样子，就像她自己就是害他失业的人一样。

“关你什么事呀，呵呵，是我自己辞职的。”本来还因为自己的失业觉得李若溪是红颜祸水的小张，反而不好意思起来。关这女孩什么事呀，还不都是他那个从来想做什么就做什么的老板，自己什么也不要就算了，也不想想，上头换人了，他和琳达这样的前朝老臣怎么混？

李若溪低头，没说话。她很想问他，知道不知道文峰在哪儿，但又觉得不好意思问出口。

“老板现在应该刚下飞机吧？”小张抬头看看天空，上面刚巧飞过一架飞机，“老板，你要是在纽约混好了，可要想起我呀。”

纽约？李若溪忽然惊醒，失控地伸手抓住小张的胳膊，“什么纽约？”

“老板昨天飞去纽约了，你不知道吗？”小张也惊讶，不会吧？老板那个变态，竟然连李小姐都没告诉就一个人悄悄地走了？

“不。我不知道。”李若溪抓住小张胳膊的手无力地垂下，无意识地摇头，“我不知道。我真不知道。”

“老板也太过分了吧！”小张叫道，“他竟然都不和你道别就走了吗？哇塞，老板他是什么怪物呀，还整天表现得多喜欢多喜欢的，要去那么远，竟然连道别都不说一声！”

他说了他说了！他来向我道别了，只是我没有看出来！李若溪在心里大喊，但她张着嘴，什么声音也没发出来。

10

李若溪不记得自己是怎么离开天文化大厦的，也不记得后来小张还跟自己说了些什么。她只是觉得自己很伤心，伤心得整个人都没有半点儿力气，有如行尸走肉。她就那么硬撑着，回到了她的家。那间四十平方米的小公寓现在是她唯一的避难所。李若溪几乎是一步一步地挪上楼，再机械地拿出钥匙打开了门。进门之后，李若溪用背把门关上，身体就顺着门无力地滑到了地板上。然后她开始不断地掉眼泪，感觉像把过去二十几年都没怎么掉过的眼泪都在这会儿全哭出来了。失落与失望，悲伤与哀恸充满了她的身心。她觉得疲惫至极，根本就无力挣扎。

门外，一个高个男子也顺着门边的墙坐在了走廊上，他知道门里面的女子正在哭泣，他很想大喊：“李若溪，开门！来我怀里哭！”但是，他也明白，她的那些眼泪，没有一滴是为他而流。

一墙之隔，门里的女孩哭泣一夜，门外的男人也无声地哭泣了一夜。

幸好，清晨的太阳总会照常升起。李若溪自噩梦中惊醒，环视四周，确认新的一天已经到来后，她开始洗漱出门。

李若溪打开门时，门外半坐半躺在地上的高大男子小小地吓了她一跳。看清楚是苏若明后，李若溪蹲下来，看着这个因为极度疲惫而睡着的男人确实长得好看。这么好看的男人，一定会大红大紫的，这圈子就是个讲脸的地方，脸长得好看，就会有机会。

“喂，苏若明！起床了！”李若溪站起来，用穿着板鞋的脚踢了踢苏若明的腿，“要睡也别在我家门口睡，别人看见了影响不好。”

“李若溪，你就这么对待守护了你一夜的男神吗？你还有没有良心啊？”苏若明马上就精神了。他的左手一撑地面，姿势超帅地站起来，仔细地看李若溪的脸，确认她就是昨晚那个无声哭泣的女孩后，伸手轻轻地拍了拍她的脑袋，“怎么样？别死心眼了，选择我吧。”

“滚。”李若溪给了他一个字，转身下楼。

“李若溪，你换栋有电梯的公寓吧。这小区太旧了，连电梯也没有，走廊里好脏。”苏若明一边拍身上的尘土，一边跟着下楼。

“现在换不起，你等我红了再说吧。”走出单元门口，这座水泥森森的都市里难见的阳光照在李若溪的脸上，温暖而动人。李若溪抬起脸面对阳光，闭上眼睛，享受一秒钟的美妙。

“李若溪，你就仗着这会儿年轻吧，竟然敢用脸对着阳光照，等过几年你老了，老年斑爬满你的脸，你就知道错了。”苏若明看了一眼李若溪沐浴在阳光下动人的脸，马上就别开了眼睛。再多看一眼，他怕自己会忍不住吻过去。他不敢去想象那样做的后果。

李若溪没有回应苏若明的话，只是依然面对阳光闭上眼睛微笑。她想，这阳光折射后，就会是另一个国度的月光吧。那个人，会正巧在月光下思念着谁吗？他会知道吗？他思念的那个人，现在这一刻，也正在想念着他。

“李若溪，他走了。”

“我知道。苏若明，我快迟到了，走了呀。再见。”李若溪说，然后小跑着往公交车站走去。她和那个人的故事，还没有开始呢。她必须很努力很努力才能接近他，才能让故事再开始。所以，她要加油了。

未完待续